译文纪实

でっちあげ
福岡「殺人教師」事件の真相

福田ますみ

[日] 福田真澄 著   孙逢明 译

捏造

福冈"杀人教师"事件的真相

上海译文出版社

目 录

本文中使用的是采访时的机构名称、职务名称等。另外，出场人物的敬称均已省略。

作者

序章:"史上最恶劣的杀人教师"

事件的导火线是《朝日新闻》。2003年6月27日,西部总社版面上出现了一个醒目的大标题:"4年级小学生的母亲说'曾祖父是美国人' 教师随后开始欺凌"。其内容令人震惊,引得当地所有媒体争相前去采访,不过当时还只是一个地方性新闻。

同年10月9日刊行的《周刊文春》将其一下子扩散到了整个日本。"史上最恶劣的'杀人教师',恐吓学生说'要不我教你怎么去死'"。这个标题让人看得目瞪口呆,报道中使用了教师的真名,全国上下一片哗然,各大八卦节目蜂拥而上,连续多日争相报道。

究竟是一个怎样的教师会被称为"史上最恶劣的杀人教师"呢?难道是像恶鬼般缠住学生,夺走其性命?实际上,他受到指责的那些行径可谓穷凶极恶,与恶魔并无二致。

2003年5月,该男教师任教于福冈市的一所公立小学。起因是家访。他发现班上一名9岁男孩的头发略带红色，就问接待家访的孩子母亲："某某不是纯正的日本人吧？"一听说男孩的曾祖父是美国人（《朝日新闻》等第一批报道中写的是"孩子母亲的曾祖父是美国人"），他就说"原来某某是混血儿啊"，然后开始滔滔不绝地批判美国。

孩子母亲实在听不下去了，抗议道："这是歧视吗？学校不是教孩子们不可以歧视吗？"结果他翻脸说："因为我也是人啊。表面上是说不可以歧视，可是几乎每个人心中都会有歧视的意识。"

而且，他竟然说："日本是个岛国，本来血统很纯正，可是逐渐有外国人到来，掺杂了肮脏的血液。可悲的是，现在纯正的日本人减少了很多。"他喋喋不休地"演讲"了3个小时，毫不掩饰心中的歧视情绪。

不幸的是，男孩原本待在别的房间，正好从教师所在的餐厅旁边经过，听到了教师说的"肮脏的血液"这句话。男孩不懂"肮脏"一词的意思，第二天便去小学图书室查词典。

男孩弄清意思后，童心受到了打击，开始频繁地询问母亲："说我的血脏？明明和大家的血一样红，为什么说我脏啊？""用显微镜一照就会明白吗？照不出来吗？"每次男孩这么问，他的母亲都会感觉心痛不已。

此次家访结束以后，教师从第二天开始便对男孩实施令人无语的虐待。

下课后，孩子们正在召开"放学班会"，收拾东西准备回家，教师走近男孩，命令他"数到10之前收拾好"。可是，从教室后面的架子上取下书包，再把桌洞里的文具装进去，10秒根本不够用。

这明显是故意刁难，可是男孩如果无法在10秒之内收拾好，教师就会洋洋得意地将他的书包和学习用品扔进垃圾桶，或者让男孩从他发明的以下"5项刑罚"中自选其一，加以虐待。

面包超人：用手指捏住两颊用力扯。或者用拳头使劲按住两颊，并用力转动拳头。

米老鼠：抓住两只耳朵用力扯，把身体提起来。

匹诺曹：捏住鼻子用力甩，力气大到几乎会让人流鼻血。

铁爪：用手掌捂住面部，指尖用力按压面部，把人直接撞飞出去。

滴溜溜：两拳用力按压太阳穴，并滴溜溜地转动拳头。

而且，教师本人将这一连串行为称为"数到10"。

男孩不得已选择匹诺曹的话，教师就会狠狠地捏住男孩的鼻子，将他的身体用力甩出去。因此，造成男孩流出大量鼻血，弄得衣服上满是血污。当男孩选择米老鼠时，教师就揪住他的耳朵粗暴地向上提，残忍地将两只耳朵撕裂，几乎要化脓。几乎每天的放学班会上，教师都会当着全班其他孩子的面，实施这种数到10的处罚。

而且，教师在"行刑"时总是冷笑着骂男孩，说什么"要怨就怨你那肮脏的血液吧"，让人听不下去。即使男孩想要免受虐待，拼命地快速收拾，教师也会故意加快数数，让他绝对来不及完成任务。

由于这种凄惨的虐待，男孩不仅流鼻血、耳朵受伤，口腔也破裂了，引发了溃疡，牙齿也断了，右侧大腿上有严重的瘀青，连续数日回家时都伤痕累累。母亲感到可疑，每次都盘问他受伤的原因，男孩总是支支吾吾。

不仅如此，教师在课上总是对男孩恶言相向，纠缠不休："你的血液里掺杂了外国人的血，所以很肮脏。""美国人脑子不好使，所以你也很笨。"当全班同学一起做游戏时，也会唆使大家让男孩当老瞎，还骂道："因为你的头发是红色的，所以你来当老瞎。""因为你是美国人，所以得当老瞎。"

5月底，男孩从学校回到家，由于书包里乱成一团糟，母亲感到吃惊，逼问之下，男孩哭着讲述了"数到10"的处罚："如果我在10秒内收拾不完，会被老师狠狠地惩罚。"

因为班主任的惩罚过于离谱，就连母亲最初也是半信半疑，她又问了孩子的同班同学，才知道这种严重虐待已经持续了大约两周。

母亲决意前往小学，就教师的暴力行为向教导主任提出抗议，强烈要求更换班主任。隔了一日，夫妻一同与校长会面，再次要求更换班主任，校方却没有给出明确答复，而是采取了一种不同寻常的措施——在该教师上课时安插人员进行监视。

然而令人难以相信的是，该教师趁着负责监视的老师不注意，继续施暴，用拳头殴打男孩头部，查明真相之后，校方于6月底撤销了该教师的班主任职务。随后又发现该教师曾强逼男孩自杀。他威胁说："血液肮脏的人没有活着的价值，赶紧去死，自己去死吧！"据说男孩甚至试图从自家公寓跳楼自杀。

经过调查，福冈市教育委员会承认该教师曾对学生实施欺凌和虐待，认定了全国首例"教师欺凌"，8月22日针对该教师宣布了停职6个月的惩戒。但是，事情并没有到此结束。

由于教师的严重虐待，男孩止不住身体颤抖、呕吐、腹痛，从9月上旬开始不得不缺席。随后他被诊断为严重的PTSD（创伤后应激障碍），由于可能会自杀，他只能在大学附属医院的精神科封闭病房长期住院。

事已至此，男孩的父母以PTSD为由发起民事诉讼，于10月8日将该教师和福冈市告到福冈地方法院，要求对方赔偿约1 300万日元（由于增加诉讼请求，最终约为5 800万日元）的损失。

带头打官司的是原法官大谷辰雄律师，他担任福冈县律师会"儿童权利委员会"主席。这件史无前例的虐待儿童案让他那与生俱来的正义感如熊熊烈火燃烧起来。他通过信函与网络向全国的律师发出号召，组成了多达550人的大型辩护团。在新闻发布会上，他愤怒地说："考虑到他对男孩所做的行为，简直不配当老师，应当开除！"

12月5日，在媒体的关注下举行了第一次庭审。后来，教师虐待儿童这一前所未闻的案件的全貌在法庭上被揭开，按说这一"杀人教师"将会受到正义的制裁。

然而，与大多数人的预期相反，每次开庭，案件都朝着匪夷所思的方向发展，令人惊愕的事实——浮出了水面。

第1章 起因:"血液很肮脏"

发生案件的 A 小学位于福冈市西部,室见川的下游区域。

直到 20 世纪 60 年代,该地区还单纯是一片片水田,之后房地产开发进行得如火如荼,现在已成为新建住宅区,新公寓鳞次栉比,间或残留着小块的水田。放眼望去,独门独院的房子大多也比较新,那种令人追思历史的古老的木结构房屋很少见。

A 小学创立于 1978 年,周围都是这种新建住宅。2003 年,事件发生时,共有 780 名学生,分为 22 个班。从规模来看,在福冈市内算是平均水平。

川上让(化名)自 1998 年开始在 A 小学任教,2003 年时 46 岁,算是一名骨干教师。他在大学毕业后曾就职于普通公司,之后立志转型为小学教师,曾任兼职教师,自 1993 年起担任福冈市立小学的教师。

自 2003 年 4 月起担任 4 年级 3 班的班主任,班里有 32 名学生。

班主任的第一项大任务是家访。川上也计划在5月6日到13日之间完成所有学生的家访。安排日程时会最大限度地优先考虑家长方便的时间。

　　然而，5月12日，家访日程只剩一天了。川上当天完成了5名学生的家访，下午6点半左右直接回到了自己家中。换好衣服正在休息，6点40分左右，一位男同事突然打来电话，声音有些慌张。

　　"刚刚浅川太太给学校打来电话，说是你还没来家访，裕二的哥哥受伤了，必须去医院，有可能会和你错过。"

　　川上感到惊讶。

　　（啊？应该是13号去浅川家啊。）

　　他赶紧确认了一下日程表，果然写的是13日。虽然觉得奇怪，他还是马上拨通了浅川太太的手机。

　　"您好，我是川上。刚刚接到学校的电话，应该是13号去您家访问吧，我的日程表上是这么写的。"

　　结果，对方回答的声音出人意料地平静。

　　"因为我12号请了假，就是今天啊。"

　　（好奇怪啊！）

　　当初计划在5月9日4点15分到4点半之间去浅川裕二（化名）家访问。然而，裕二的母亲和子（化名）给学校打电话说："5月9号不太方便，能不能麻烦老师改到13号？"

　　川上稍微考虑了一下，回复说："13号的话，下午5点以后怎么样？"因为那天他安排了7名学生的家访，打算在4点50分之前完成，所以5点以后时间就空出来了。"可以的。"和子答应了，所以就把家访定在了这个时间。

川上立刻将家访日程表中写在9日那一栏的"浅川"的名字用箭头拖到13日那一栏，做好了记录。

　　因此应该不会有错，虽然心里这么想，川上还是做出了让步。

　　"是吗，看来是我把12号错当成了13号。非常抱歉。"

　　他想避免与家长就这个问题孰对孰错发生争执。于是，他尊重家长的主张，道歉之后再次询问对方方便的时间："如果现在去您家访问，时间有点晚，就会拖到晚上了，您方便吗？"

　　从川上家到浅川家的公寓，开车也要花50分钟左右。他正在家里放松休息，懒得出门。老实说，他希望改到别的日子，不过和子丝毫没把班主任的想法放在心上，她说道：

　　"晚一点儿也没关系啊。我只有今天有空，今天比较方便。"

　　川上再次确认道：

　　"现在过去的话，8点左右才能到。"

　　"没关系啊。我现在带老大来医院了，8点的话没问题。"

　　"好的，那我8点登门拜访。"

　　川上赶紧穿好刚刚脱下的西装，开车出门。

　　他8点左右到达浅川家的公寓。一眼望去，这个公寓建筑时间不久，看样式属于平均水平。隔着对讲机报上姓名后，传来了"请进"的声音，大门打开了，他乘坐电梯上了2楼，按响了浅川家的门铃。

　　一名身材苗条的女性打开了门，她那白皙的面庞上，一双大眼睛给川上留下了深刻的印象，一头长直发染成了素净的棕色。她就是和子。

"请进！"她把川上带到了餐厅。

房间显得特别空旷，没有任何多余的东西，厨房很干净。去家访时，每个家庭总会散发出特有的生活气息，藏都藏不住，而浅川家却没有。厨房里没有一点飞溅的油渍，也看不到一个脏盘子，没有烹饪的痕迹。

在女主人的示意之下，川上坐到了沙发上，开口说道：

"非常抱歉。初次见面，我姓川上。今后1年请多关照。您打来电话时，我把箭头画在了日程表上13号那一栏，所以一直以为是13号。我弄错了，给您添了麻烦，非常过意不去。听说裕二的哥哥受伤了，不要紧吧？"

"听说是今天课间休息时玩耍，摔伤了膝盖。接到学校电话，我就带他去医院看了看。"

（真是个文静的人啊，说话方式也很稳重。）

这是川上对她的第一印象。据说裕二的哥哥原本膝盖就不好，需要做手术，这次只是受了一点损伤，手术便要推迟了。

川上听到"手术"一词，吓了一跳。

"您应该很忙吧？实在抱歉！"

川上再次表达了歉意。

"我担心去医院的时候会跟您错过。"

和子脸上并没有不满的表情。

"非常抱歉。关于裕二，我才教了他1个月左右，所以没办法跟您详细讲述，不过他朋友很多，与他们关系也不错。学习方面，前一阵我测试了一下4年级之前学过的计算题，他好像已经掌握了乘法等计算题，也在努力学习汉字。他和一帮踢足球的孩子关系很好啊。"

"班里踢足球的孩子挺多的。"

"是啊。"

川上附和道，又列举了2名学生的名字。于是和子也提到几个孩子的名字，聊了一会儿裕二所在的足球俱乐部的话题，她突然说道：

"我和其他妈妈不太一样，他们觉得我是奇怪的阿姨。"

"如果来我家玩的时候干了坏事，我既会批评裕二，也会批评来玩的孩子。不管是谁家的孩子，我都要教他正确的道理。所以来玩的孩子们都觉得我是一个说话很奇怪的阿姨。"

"是吗？"

"不过，即使如此，孩子们还是会来玩。因为过后他们就会明白我说的话没错。"

（如今这样的妈妈算是少见了。批评别人家的孩子，一般人做不到。）

"是吗？他在班里跟小田关系不错。"

"裕二与小田是从幼儿园一直玩到现在的好朋友。小田很能干，所以很照顾我们家裕二。"

所谓小田，指的是小田克也（化名），他是裕二的发小，住在同一栋公寓里。听了和子的这句话，川上脑海中浮现了裕二放学时的情形。

可以说裕二几乎一点儿都不收拾，既不从后面架子上取下书包，也不把学习用品装到书包里。差不多每次都是这个小田或是隔壁班的小K来帮忙。别人替他收拾的时候，他却在玩。

"小田真是个乐于助人的孩子。他确实会帮忙把学习用品装到书包里。4班的小K也经常帮忙。"

"小K也加入了足球俱乐部，他们关系很好。"

听了和子的话，川上又想起来一件事。

"说起来，前一阵裕二和小K上课迟到了。"

"啊？我总是让他8点出门，他竟然迟到过？"

和子一副很吃惊的样子。

"听说是在这栋公寓里小S家玩带电机的滑轮车，所以迟到了。"

"对对，之前裕二跟我说过。他说虽然迟到了，却得到了老师的表扬。"

"对，有这回事。我提醒他们迟到是不对的，但是迟到了也能大大方方来上学，这很了不起。我还说，可能我们班里有的孩子因为迟到了就不想来上学了，不过不要在意，要像今天的裕二那样大大方方地来学校。"

和子话题一转，问道：

"裕二在学校和朋友相处怎么样？"

"踢足球的朋友比较多，所以我在注意观察，以免他们过于抱团儿。因为裕二性格很好，也有孩子主动提出想和他交朋友。"

最后这句话其实是恭维。因为裕二根本算不上性格好。实际上，在此次家访之前，川上至少两次目睹并阻止裕二单方面对同学又踢又打。

不过，以他的性格，很难在第一次与家长见面时就言辞锋利。

"我们在家经常会和孩子交流，孩子们会主动讲述当天的见闻和学校里的事情。"

和子有些得意地说道：

"我们家规定，9点之前属于 family 的时间，我们会和孩子们分享当天发生的事情。9点以后是个人的时间、夫妻的时间。所以孩子们会回到自己房间做喜欢做的事情。可以看电视，也可以玩游戏，如果感到累的话也可以睡觉。我们夫妻会单独交流，享受属于自己的时光。"

"是吗，真好。"

她不说家人，而说"family"，似乎有些做作，不过川上并没有觉得不舒服，反倒觉得这个家庭很有教养。

"我家孩子很不擅长收拾，是不是？"

"也没那么差。"

川上赔着小心回答道。总不能说"很差"吧。裕二在教室里收拾整理的能力极差。他的桌子周围总是胡乱堆放着课本、笔记本、铅笔、橡皮、脱下来的衣服等各种物品。

结果和子说道：

"我学过心理学，感觉裕二可能是 ADD（注意缺陷障碍）儿童，虽然这并不影响学习能力。注意力不足的儿童，当他高度专注于一件事的时候，就会忽视周围的东西。学习用品什么的都看不到了，所以即使学习用品掉落在身边也不会在意。因此会被认为不会收拾。因为这事我从小没少数落他，可是没见有什么效果。裕二总是心神不稳，我一直觉得很奇怪。到底怎么回事呢？"

川上还是头一次听说ADD这个词。

"我听说过ADHD（注意缺陷多动障碍），原来还有ADD啊。"

这话像是在确认。

"ADD儿童不擅长收拾，容易招来周围的误解，会被认为没教育好。"

（误解？对了，这么说来……）

川上想起来以前任职的小学里有个孩子患有轻度障碍。他看上去和普通孩子一样，但是坐公交车上学的时候经常不交钱就下车，每次都会被司机批评。因为乍一看他很健全，所以会受到各种误解。

川上心想，会不会和那孩子的情况类似？

"我在读心理学书籍时发现，哎呀，这一点跟我家孩子吻合，这一点跟我家孩子完全一致。打那以后，我决定不再批评他，而是静观其变。结果他逐渐安稳下来了，果然对于这孩子来说，重要的是安静地守望啊。"

"好的，我会留心的。话说回来，您好像很忙，请问您是做什么工作的？"

川上之所以突然这么问是有原因的。因为就在两周以前，4月24日，和子给川上打了一通令人费解的电话。好像是上午10点半左右，课间休息的时候。

"您好，我是浅川，想跟您谈一下裕二的问题。"

她自报家门以后就开始讲述：

"22号晚上8点左右，我因为工作要晚回去，就给家里打了个电话，结果没人接。我有些担心，就给裕二的朋友家打电话问了问，说是孩子们自己去小户公园（西区一个面朝大海的公园）玩了。"

"啊？！"

川上有些吃惊。从A小学的校区到小户公园，以孩子的脚力要花20多分钟。难道孩子们自己去了那么远的地方？

"所以我赶紧去了小户公园，找到了裕二，但是他身上都湿了。我一问原因，他说是流浪汉抢走了他们的足球，扔到了海里。这个球很重要，是从足球队教练那里借来的，所以他跳到海里想要捡回来，可是球被潮水冲走了，没能捡回来。那可是很重要的球啊……"

川上没搞明白和子到底想说什么。

（是让我在生活上好好教导孩子的意思吗？）

当时，川上负责生活指导。于是他说："请您告诉我和他一起玩的孩子的姓名。"结果她反问道："您是打算批评他们吗？那算了。"说完就把电话挂断了。

（那通电话到底是什么意思啊？）

反正和子当时说过"因为工作回去得晚"，关于家访日程，她说"12号请假了""只有今天有空"，所以川上觉得她的工作需要干到很晚，作为参考，询问一下她的工作内容。

结果和子回答道：

"我做口译和笔译工作。"

"您是指英语吗？"

"是的，我的祖父，也就是裕二的外曾祖父，是个美国人，现在住在美国。我小时候也住在那边。刚来日本的时候不会说日语，可头疼了。现在倒是没问题了。"

（原来是美国啊，说到美国，我只知道有个加利福尼亚州。）

于是，川上忍不住问道：

"您原来住在美国什么地方？是加利福尼亚吗？"

"佛罗里达。"

"原来如此，因为掺杂了美国人的血液，所以裕二的面孔有点像混血儿，轮廓分明。"

"因为是第三代，有些特征还是显现出来了吧。"

"原来您在美国待过，怪不得家里摆的东西大多是美国产的。"

房间里摆着牛仔布料的餐巾，上面画着美国国旗。

"比起笔译来，口译更容易做。"

和子将话题切换到了英语上。

"您是说英语吗？我英语很差。"

"为了让裕二习惯英语，我还想着让他去读国际学校呢。"

"您说国际学校，嗯，确实有一所。"

川上也知道，它就位于早良区的百道浜，面朝大海。

"我朋友家的孩子也在读国际学校，我担心裕二的英语发音，也想让他去读。可是，国际学校不属于日本的义务教育，拿不到日本的高中毕业证，所以我有些犹豫。"

"原来是这样。"

"我想着让他参加高中会考，拿到高中毕业证。"

"哦哦。"

此时，电话铃响了。和子拿起听筒，简洁地说道：

"您好，我是浅川。现在老师来家访了，回头给您打过去。"

说完挂断了电话。川上觉得时机正好，于是开口说道：

"不好意思，已经9点多了。您还没吃饭吧。裕二恐怕也饿着肚子吧。"

川上想要打断和子喋喋不休的闲聊，打道回府。然而和子说：

"我让裕二简单吃了点儿，应该不饿。傍晚给他吃的。"

听了这话，他也只能回复"是吗"。

（喂喂，适可而止吧。还要聊下去吗？）川上心里感到厌烦了。即便如此，他也没有勇气告辞，毕竟家长谈兴正浓。

和子又聊起来了。一提到英语，她就变得更加健谈。

"美国小孩练习ABCD的发音时不说哎、币、系、带。美国的小孩子学的是啊、布、库、杜。"

"原来是读啊、布呀。"

"A读作啊，B读作布，C读作库。"

"啊、布、库。"

"D读作杜，E读作易，F读作负。"

"是读负吗？原来是负啊。挨弗读作负啊。"

"G读作估，H读作富。"

"原来如此，啊、布……"

"库。"

"库、杜、易、负、估、富。"

这样的一问一答，仿佛两个人的立场颠倒了，根本不像是家访过程中的谈话。不过，川上不擅长英语，也从没去过海外，他真心感到佩服。

（我们学的是哎、币、系，这样学确实开不了口。原来美国孩子这样学。不愧是从国外回来的，说的话就是不一样。）

和子的英语课还在继续。

"美国小孩从小这样练习发音，所以即使是孩子，单词排列在一起也能读出来。"

"是吗，和日语一样呀。因为学的是啊、布、库等实际发音，即使出现新单词，也能直接读出来呀。是26个还是28个来着？"

"26个。"

"美国的孩子将26个字母排列组合就能读出来呀。就像日本的孩子学日语一样。日本教的英语太难了。主语是S，句子结构有SVO，也有SVOC，后续宾语，先从诸如此类的语法开始，所以很难。"

听了川上的话，和子把日本的英语教育批判了一通，因为妨碍英语的正确发音，还顺带批判了日本的罗马字教育。

"话说孩子父亲也是美国人吗？"

川上问道。

"他老家在熊本县天草市。"

"是吗，和我是老乡啊。我家是熊本县八代市的。我从小在熊本县长大，所以不太了解美国的事情。"

"佛罗里达住着形形色色的人，因而存在歧视问题。"

"说到歧视，有很多种，我们学校主要致力解决的是同和问题①。"

此时对讲机响了，和子打开房门对长子说：

"老大，出去拿一下快递。"

他好像待在儿童房里。顺便交代一下，裕二是次子，上面有一个哥哥。这名长子比裕二大6岁，他也毕业于A小学，但是川上只见过一两次。不过，他却很清楚这名长子在6年级第3学期惹下的那场乱子。

有一天，由于长子没来上学，班主任给他家打电话一问，说是和往常一样出门了。于是整个学校都炸锅了，各个班主任千方百计地到处寻找。然而，这名长子才不把学校的担心当回事，正午过后就回家了。说什么为了"留下美好的回忆"，出了趟远门。

谈及这名长子，和子又开始批判A小学的家委会。

"我家老大读1年级的时候，要选家委会委员，大家纷纷陈述自己无法担任委员的理由。美国的家委会，大家都很有干劲，很积极，主动担任委员。我本来也想着来日本以后积极参加家委会，可是在A小学，大家都说自己有无法担任委员的理由。有的因为有小宝宝，有的因为是双职

---

① 同和问题：全称"同胞融和问题"，是日本特有的人权问题。其起因可追溯到江户幕府时期确立的身份制度，该制度对士农工商以下的"贱民"的居住地域作了限制。尽管身份制度已于1871年废除，对出身于这些地域的人的歧视至今仍未完全消除。——编者

工，大家都在讲自己的隐私。我听了以后心里想，为什么要把自己的隐私都抖搂出来呢？

"因为我不想说自己的隐私，就说'我不想当委员，我自己的孩子自己来守护'。结果，一回到家，就有人打来电话抱怨说：'你干吗在那种场合说那种话？你在这个地区会混不下去的，你家孩子会被欺负的。'"

"竟然有人说这种话？"

（总觉得她的话有点讲不通，不过这也可能是因为她在美国呆了很久，性情不太像日本人吧。她说话的时候一点都不含蓄，谈起家里的事也很放得开。）

川上觉得有点别扭，由于和子说起"美国的家委会"，他也接着话茬聊了一下日本人与欧美人不同的民族性格。

"我在收音机上听过一段话，说的是乘坐泰坦尼克号时，由于救生艇不够，用来劝说男乘客舍弃自己性命的话，每个国家都不一样。对英国人说他是'绅士'，对美国人说他是'英雄'，而对日本人则说'因为大家都这么做'，据说这样他们就会跳海。在家委会，如果和大家意见相同就会安心，如果和大家意见相左就会不安。可能是有这种倾向。

"我认为日本人现在缺乏精神支柱。江户时代人们的精神依靠好像是儒家学说，由于战争，它的核心遭到了破坏。我觉得美国的文化底蕴就是基督教，您信奉基督教吗？"

"是的，我信教。裕二也经常去做弥撒。他也会去教堂祷告，也读《圣经》。我给他的是美国印制的《圣经》，而不是日本印制的。"

川上最后又拉了一会儿家常。

"原来如此。说到美国，内人在销售康宝莱产品，据说是美国产的，在美国也很有名吗？"

康宝莱是美国的健康食品，以主要生产销售减肥食品而被人们熟知，不过有些人认为它的销售方式就是所谓的传销，因而加以批判。

"在有的地方知名度很高，我知道康宝莱。"

"内人正在使用，我也曾用康宝莱产品减肥。今天打扰您很长时间，都这么晚了，真是抱歉，谢谢您的配合。"

川上站起身，来到走廊里，问道："裕二的房间是哪个？"

于是，和子打开餐厅隔壁的房门，给正在看电视的裕二打了个招呼："老师要回去了。"结果裕二看上去有些害羞，轻轻点头致意。

"不好意思啊，打扰了这么长时间。老师现在要回去了。"

时钟的针已经指在了10点半上。

（哎呀呀，总算可以回去了。）

川上松了口气，离开了浅川家。

（嘻，因为家访日期差点惹出麻烦，孩子妈妈花了这么长时间，毫不避讳、兴致勃勃地讲述她家的事情，也算是和她建立了无话不谈的关系吧。）

川上手握方向盘，心里盘算道。

这是家访之后过了3周，6月2日早上发生的事情。8点20分左右，川上和往常一样，在办公室里收拾，准备去教室。因为4年级3班的晨会8点半开始。结果教导主任走过来附耳说道：

"川上老师，请去一趟校长办公室，有事儿找你。"

语气似乎很郑重。会是什么事呢？（啊！可是晨会怎么办呢？）正想开口问，教导主任已经体察到他的想法，说道："（晨会）已经交给其他老师了。"准备还挺充分，究竟是什么事呢？川上跟在教导主任后面，向校长办公室走去，心中掠过一丝不安。

4月份刚上任的校长正在房间里等他。

"叫你来是因为浅川家的事儿。"

校长开口说道。

"5月30日晚上7点多，教导主任还在学校值班，浅川太太过来对你表示抗议。而且，昨天浅川夫妻二人来到学校，这次是我和教导主任接待的。"

（浅川家抗议？说的是什么事啊？）川上完全摸不着头脑。

于是，校长用平易近人的福冈方言不慌不忙地问：

"你去浅川家做家访时，时间有点晚吧。"

"是的。"

"呆到几点？"

"毕竟是3周之前的事，我记不太清了，应该是从晚上8点到10点半左右。"

结果校长的脸色阴沉下来了。

"为什么呆到那么晚？而且竟然用了两个半小时。"

有点责问的语气。

（哦，原来是这件事？可是，那次家访的时间是根据对方的意愿定的，花了很长时间也是因为那位母亲一直喋喋不休啊。)

他感到有些莫名其妙，一边努力唤起3周前的记忆，一边尽量准确地解释了事情的经过：因为浅川和子弄错了家访日期，匆忙之中只好把时间改到12日晚上。

可是，校长听了这个解释还是紧绷着脸问道：

"晚上去得很晚是吧，还用了很长时间，都聊了些什么？"

"因为浅川太太说了很多话，所以拖得有点晚。我觉得她很有见地，挺佩服的。"

"你在对话中有提到'血统'吗？"

血统？这话问得很突然，川上陷入了沉思。

（好像是说过这样的话。对，好像是聊到她的祖父是美国人。）

川上想起来了。

"因为掺杂了美国人的血液，所以眼部轮廓分明，鼻梁高挺……"

"你说的是关于血统的话题吧。"

校长说话的语气像是在斥责，川上慌忙解释道：

"我问她从事什么工作，她回答说'我从事口译和笔译工作，我的祖父，也就是裕二的外曾祖父是个美国人，现在住在美国'，所以我就说'怪不得呢，因为掺杂了美国人的血液，所以长得像混血儿，眼部轮廓分明，鼻梁高挺'。"

"果然还是说过啊。"

校长对身旁的教导主任说，仿佛是在寻求确认。

"谈及血统可是个重大问题呀。"

不算宽敞的校长办公室里，气氛逐渐变得凝重起来。

"家访时不应当谈论或询问血统。血统是个重大问题，不是家访时该说的话。而且我们从没听过有人晚上家访。为什么不跟我商量一下？"

按校长的意思，好像这是一个重大的过错，川上有些惶恐。

"因为她说其他日期不方便，只有这一天有时间，所以我就去了。"

"如果你跟我商量的话，未必非要在那一天做家访。"

"是……"

川上诚惶诚恐地低下了头，校长又对他说出一番惊人的话。

"浅川家的孩子是叫裕二吧，据说他因为血液肮脏感到苦恼。他说去踢足球的话会传染给朋友，所以不想去。"

（啊？！）川上不由得抬起了头。

（那个精力旺盛、比别人调皮一倍的孩子，会因为我一句无心的话感到苦恼？我说的话怎么可能是那个意思！）

他赶紧分辩说：

"我只是说过他掺杂了美国人的血液，因为他面部轮廓分明、眼睛很大、鼻梁很高，所以才这么说的。"

"谈论血统就很奇怪。这个问题很严重，血统不应该是家访时说的话题。"

校长根本不理会川上的辩解，还是重复他的老一套论调。

"浅川同学因为血统问题很苦恼，他说会传染给朋友。"

（裕二因为混血感到自卑吗？自己不经意间说的一句话

刺激了他的自卑感，从而对他造成伤害了？）

川上把校长的话当真了，对裕二感觉有些愧疚，因而无话可说了。

校长又问在家访过程中是否询问对方宗教，是否谈及"生意"。

（生意？哦，是指康宝莱吗？只不过是闲话家常而已，和子全都告到校长那里了？）

川上不由得心里咯噔一下，对和子产生了一种轻微的不满情绪。

川上解释说，因为和子说她曾经住在美国，所以就想确认一下，基督教在美国是不是人们的精神依靠，至于康宝莱，他辩解说，因为是美国的产品，只是想顺便问一下它在当地的知名度是不是也很高。

可是校长责备说"这不是家访时该问的内容"，关于康宝莱，还问他"没推荐产品吧"。

"没有。"

川上矢口否认了，而校长依然保持着一副苦瓜脸，又问了一些奇怪的话。

"放学的时候，是叫10秒倒计时吗？你是不是说过'数到10之前收拾好'？"

"嗯，说过。裕二老是不肯收拾东西回家，让朋友在走廊里等着，我让他快点收拾他也不听，所以我就说'在我数到10之前出去哦'，仅此而已。"

"你有没有把他的书包扔到垃圾桶里？"

"我放到垃圾桶盖子上了。书包掉在架子前的地上了，我问'这是谁的',也没人来认领,我就说'没人要的话我就扔啦',不过,实际上我并没有扔到桶里。"

川上不明白校长问话的真实意图,似乎在对他平常的琐碎行为——挑刺,让他感到困惑。

接下来校长又说了更奇怪的话。

"你是不是捏过浅川同学的脸颊?"

"啊?!您在说什么?"

川上目瞪口呆,不明白校长想要表达的意思。

"我不知道具体怎么做,你有没有捏过他的脸颊或鼻子?"

(啊?是在问我有没有体罚吗?我可没有过。)

"没有。"

他当即回答道,然而校长又追问道:

"当浅川同学做不到的时候,你没有捏过他的脸颊或鼻子吗?什么米老鼠啦、匹诺曹啦、面包超人之类的。"

(咦?校长怎么会知道米老鼠和匹诺曹等说法?)

川上感到不可思议。

(不过那和体罚不一样,只是与低年级学生沟通的方式而已。)

川上感觉校长可能有什么误解,不过没有说出口。只是再次回答道:

"没有。"

校长说:"好好想想。"

校长的语气有些高压,听上去简直是在说:你做过吧?老实交代!首先,他并没有解释事情发生的时间、地点和状况,只是执拗地想要打听是否实施过(体罚)。

川上努力地回忆 4 月份以来与裕二的交集。他还是个 9 岁的孩子，不仅在上课过程中，游戏时间、放学后都有很多身体接触的场面。

尤其裕二是个比别人更让人费神的孩子。上着课的时候他会突然站到自己的椅子上，发出怪叫或放声歌唱，影响老师讲课，这种情形并不少见。他完全不会收拾整理，到了放学时间也老是不去拿书包。因此，经常耽误全班同学回家。

轮到他值日或者打扫卫生时，几乎每次都会偷懒，其他孩子也曾抱怨过。不过，川上感觉裕二最大的问题是暴力。因为鸡毛蒜皮的小事就对同学又踢又打，甚至有的孩子一看到他就害怕。

由于这些问题行为，难免会对他多加指导和提醒。很多时候，即使川上严词告诫，裕二也不肯听。这种情况下，就需要按住他的身体，阻止他的暴力或过激行为。

川上围绕裕二的言行左思右想，找到了一些记忆的碎片。

（这么说来，我曾经按住裕二的肩膀，也曾轻轻拍打他的脸颊。为了让他听话，也给他讲过面包超人之类的惩罚。课间休息时与孩子们玩模拟摔跤，好像也捏过他的脸。）

可是，除了模拟摔跤，还有什么理由会对裕二做出那样的行为呢，他一时想不起来。

（是上课的时候，还是课间，抑或是放学后？）

毕竟川上整天和这 32 个孩子打交道，他们大多 9 ～ 10 岁，正是最淘气的时候。

（总是会惹出一些乱子，每次都要加以教导，虽说是几周以前的事，嗯……还是很难立刻回忆起来。）

估计是因为裕二干了什么坏事，但是想不起来具体是什么事。

然而，老实巴交的川上认为必须如实把自己模糊的记忆讲述出来。

"没有揪耳朵，我有打过他。用右手手背拍打过他的脸颊，不过还没想起来原因。"

"没有揪耳朵、牵鼻子吗？"

"……"

"我只是问你有没有过！有孩子说看到过你（体罚）！"

之前一直保持沉默的教导主任似乎忍无可忍地说道。

"啊？！"

川上目不转睛地盯着教导主任。

"到底是谁看到了什么？"

教导主任光是说："不能说名字。"

（既然孩子那么说，可能确实做过什么吧，只是自己想不起来了。）

川上有些苦恼。

（说不定是自己在做游戏的时候触碰到了裕二的身体，结果被其他孩子看到了，误以为是体罚呢。或者虽然自己觉得不是体罚，裕二却当成了体罚？这也算体罚吗？）

"所谓体罚，如果孩子认为是，那就算是。"

以前他听校长这么说过。川上脑子里有点混乱，有些莫名其妙。

"体罚的界线是什么呢？"

川上心中没有关于体罚的明确定义。如果说"定义"这个说法有点夸张，那就是自己的标准，也就是说到什么程度算体罚，就连这个界线也很模糊。因此，一旦受到周围人的逼问，就陷入了苦恼，觉得以往的各种行为可能都算体罚。

（模拟摔跤的时候，也许捏过裕二的脸吧。可是，当时他在笑，没有不情愿的表情。其他时候，嗯……似乎也发生过什么。）

"孩子看到了。"这句话像咒语一样把川上束缚住了。

（既然孩子那么说，也许我确实做过什么，一定要回忆起来。）

他不由自主地这么想。所谓的米老鼠、匹诺曹、面包超人的相关问话也令人费解。这是前辈教给他的巧妙方法，用来惩戒低年级的孩子，不算体罚。

如果有孩子不听话，就用自己的脸来演示："这叫面包超人哦（两手轻轻捏住脸颊），这是米老鼠哦（两手轻轻揪住耳朵），这是匹诺曹哦（轻轻捏住鼻子），你选哪个？"这种惩戒方式顶多只能算肌肤触碰。

但是，在他的记忆中，这种幼稚的做法并没有用在4年级的孩子身上。

（可是，为什么浅川会知道？既然知道的话，果然还是实施过吗？）

这件事也让他感到困惑。

川上有些优柔寡断，无论遇到什么事，都对自己的判断和决定不自信。即使自己觉得是这样，如果他人否定说"不对""不是那样的"，他就会陷入沉思，觉得"也许是吧"。

另外，身为一名教师，既然有孩子说亲眼看到他体罚了，川上也不想当面说孩子"撒谎"。

出于种种考虑，川上稀里糊涂地回答道：

"确实在某个时候捏过他的脸，或者介绍并实施了米老鼠吧，我记不太清了，似乎有那么一两次。"

"而且是每天。"

"那倒没有。"

"大概什么时候捏过他的脸？"

教导主任问道。

"我有点儿想不起来是什么时候了。"

"好好想想。"

"不太记得是上课的时候还是做游戏的时候，好像是捏过。是在上课的时候想让他看黑板，还是做游戏的时候捏的，我一时还想不起来。"

"果然还是捏过。"

校长喃喃道。这一刻，在校长和教导主任眼里，"川上的体罚"已成为板上钉钉的事实。好歹引他说出了"似乎有那么一两次"这句话，既然如此，他们无论如何也要死死抓住这句话不肯放。

"实施过体罚是吧。我说过不允许体罚吧。我以前也实施过，让孩子站着扇他耳光。后来跟孩子解释清楚了，他也明白了。教导主任，你也实施过吧？"

校长将话锋转向了教导主任。

"嘿嘿，我还震破过孩子的鼓膜呢。我打了他一耳光，结果孩子说耳朵听不清了，所以我带他去医院检查，说是鼓膜破裂了。于是我向家长解释并道歉了。"

他的意思是，既然实施了体罚就要勇于承认并道歉，这样一来家长也会理解。

"我记不太清了，好像实施过。"

川上重复说道，仿佛掉进了诱导式提问的陷阱。

由于"血统"问题，他对裕二产生了一种莫名的愧疚感，而且他生来懦弱，不敢对别人提出异议。此时又被步步逼问："你实施过体罚吧？""有孩子看到了。"川上感到一筹莫展。而且他觉得自己给校长和教导主任添了麻烦，也是出于这种顾虑，他从心理上不由得想要迎合他们的愿望。

校长又说出了更加奇怪的话。

"听说你在实施体罚的时候，脸上笑嘻嘻的，这让我难以想象。我打人的时候心里非常不情愿，我打学生只是一心想让他们变好。你却笑着实施体罚，真让我搞不懂。"

川上也不明白说的是什么事。

然后校长又说出了令人费解的话。

"体罚不在于质或者量，实施1次和50次没什么两样。无论1次还是50次，反正都是体罚。"

（难道是说一旦承认体罚过，就得把那些想不到的体罚全都认下来吗？）

川上默然不语，不知道该如何回答。

教导主任再次发问。

"做过的话就说做过，没做的话就说没做，说清楚就可以。你有没有用力扯他的耳朵？"

"那倒没有。"

"不是质或者量的问题。"

校长的这句话，将谈话又拉回原点。

"我曾经用手背拍打过他的脸，现在想不起来为什么会那样做，不过我会努力回忆一下。"

"自己做没做过，不应该马上能想起来吗？！"

教导主任有些焦躁地大声说道。

此时下课铃响了，宣告第2节课已结束。大约已经过去了一个半小时。紧接着晨会，第1节和第2节课也请其他老师代劳了。

"那么，请你第3节课去教室吧，不要体罚了啊。"

校长用这句话作为总结，当天的约谈算是告一段落了。

"这是个敏感问题，不要直接询问孩子。"川上不记得确切的说法了，校长当时说了类似这个意思的话。

（也就是说不要向裕二本人确认。）

川上是这么理解的。

从两位管理层的责问中解放出来，离开校长办公室，走在长长的走廊里，川上终于恢复了正常的判断力。然后，他让头脑冷静下来仔细想了一下，还是觉得自己并没有实施那种遭到家长抗议的体罚。

（按照校长的说法，自己简直成了一个大恶人。明明什么都没有做过，为什么要被说成那样呢？）

校长的态度简直像是强逼自己招认，川上突然感到很生气。

（因为我问心无愧，和平常一样做就好了。也没必要特别对待裕二，像往常一样与孩子们接触吧。）

他调整好情绪，一边开导自己，一边朝教室走去。

川上当时根本没想到，这个问题后来会发展成一个大乱子。是否实施过体罚的问题确实是关乎教师生涯的重大事件。可是，校长最初解释的体罚内容并非很过分——至少他只字未提孩子因为体罚而受伤的事——因此，川上此时并没有意识到事情的严重性。

在校长和教导主任的再三逼问下，他不由自主地说"好像是做过"。他万万没想到，这句话后来成了体罚的证据，竟然不胫而走。

第2章　道歉：“是欺负过他”

川上回到教室，开始讲授社会课程。

他忍不住有意无意地观察裕二的状态。裕二坐在最前排的座位上看着川上，一副无忧无虑的样子。他那西瓜头发型的头发像是有些褪色，多少带点褐色，不过川上并没觉得有什么特别。如今的小学生里，比裕二的发色更扎眼的孩子比比皆是，有的孩子将头发染成金色，还有的孩子选择挑染。

五官也没有特别让人联想到美国血统的特征，顶多是有些轮廓分明罢了。

上次家访时，他之所以说“因为掺杂了美国人的血液，所以面孔有点像混血儿啊”，也是因为包含了客套的成分。

根据川上在教室里的观察，裕二的状态没什么异样。没发现他意志消沉或者无精打采，和平常没什么两样。

之后过了两天，放学后，川上再次被校长和教导主任叫了过去。这次听到的消息更加令他震惊。

"浅川夫妇又来抗议了。听浅川太太说，'2号那天在校长的提醒之下，老师不再体罚裕二了，但是又开始对他实施语言暴力'。"

"啊？到底怎么回事啊？"

仔细一问校长才知道，原来是其他家长对浅川和子说："老师对你家裕二恶言相向，正实施语言暴力呢。"

"怎么可能？这一周，浅川同学并没有什么出格的行为，所以我一次都没有对他斥责或发火。"

平时唯唯诺诺的川上这次也忍无可忍了，怒气冲冲地对校长说道。

结果校长一副很为难的样子。

"可是啊，浅川太太说你对裕二说了一些伤害他的话。"

"那么，我是哪一天、什么时候、说了什么话伤害到了他？"川上质问道。"这个嘛，我不知道。"

非但如此，校长甚至说：

"这一点你应该很清楚啊。"

"我没有。"

川上断然否定了，对于校长一味迎合家长、低三下四的态度，他感到有些恼怒。

（校长没有从家长那里听到任何细节呀，他竟然直接拿一些莫名其妙的事来责问我。）

同时，川上明显感觉到：

（这位母亲很奇怪，非同寻常。究竟为什么要无中生有地捏造故事呢？）

于是，他联想到了2号那天被问及的捏脸颊和鼻子等体罚问题，便否定说："我仔细想了一下，上课过程中根本没有实施体罚，做游戏的时候只是玩了模拟摔跤，不是体罚。"

结果校长和教导主任脸色一沉。校长不服气地说：

"2号那天你不是说实施过米老鼠吗？你不是说捏过他的脸吗？"

"我只是用右手手背拍打过他，暂时还想不起来为什么那样做，可是并没有实施浅川太太所讲的那种体罚。上课的时候，为了让他向前看，好像也触碰过他的肩膀……之所以捏他的脸，是因为课间休息的时候玩模拟摔跤，我只是向他演示了一种叫铁爪的摔跤技能。"

"既然你仔细想过，一般来说次数会增加，而你说的次数却在减少。这不是很奇怪吗？我说这话你别见怪，你是不是忘记自己做过的事了？"

教导主任的话令他感到震惊。为什么这两个人不肯相信自己的说法呢？

他一直到深夜都在查课程表、核对学习日志，一一确认发生过的事，努力想要唤起准确的记忆。结果仍然想不到家长指责的那种体罚事实。

可是，为什么没有人理解我呢？一股难以言说的愤懑与不甘涌上了心头。

然而校长与教导主任纠缠不休。这种形式的约谈重复进行了很多次。每次都会被问及同样的事情，川上总是同样回答"没有实施（体罚）"。

至于为什么会轻拍脸颊、触碰肩膀、为了让他听话讲解面包超人等惩罚，原因以及当时的状况还不清楚，这事一直梗在他的心头。

然而到了6月5日前后，他在上课的时候不经意间看了一眼班上的及川纯平（化名），拍打裕二脸颊的来龙去脉便清晰浮现在了脑海里。

进入4月份以后，及川接连遭到裕二施暴。4月16日第5节课上，川上讲到课本上一首叫《光辉》的诗，问孩子们升入4年级以后在努力做什么。结果及川突然说："我没有闪耀着光辉。"川上一问才知道，他被裕二打过30多次。

川上把裕二叫出来一问，他承认了打人的事实，所以川上就劝说道："以后绝对不可以打人了。"但是没有得到任何回应。两天后，也就是18日，为了慎重起见，川上找及川确认了一下，他说裕二没有停止施暴，自己连续被他打了70多次。

于是，川上再次把裕二叫出来，当着及川的面批评他，及川说"裕二不会改的"，裕二则嚷道："什么？你给我闭嘴！"一直重复攻击性语言，丝毫没有反省的意思。

川上不知如何是好，就用右手手背轻轻拍了一下裕二的右脸颊，裕二瞬间将脸偏向侧边，当然不至于受伤。

"现在被打了你觉得痛吗？这种疼痛就是你对及川同学施加的暴力对吧？"

川上这样开导了裕二，然而他似乎一点没长记性，因为之后他又对其他同学施暴。

4月25日午休时，川上回到教室，正好撞见裕二抓着中井信一（化名）的右臂衣袖，用脚踢打他。川上赶紧拦在两人中间将裕二扯开。此时中井哭着对他说：

"我和其他朋友坐着玩儿，他在旁边撒疯儿似的玩模拟摔跤，结果踩到了我的手。我说'你干吗踩我'，他就对我又踢又打。"

裕二回应说：

"我不知道踩了他的手，所以他问干吗踩他，我也不知道怎么回事。不过他突然抓住我的手，我就踢打了他。"

听了中井的解释，裕二应该意识到自己不对了。但是他并没有说"对不起"或者"是我不好"，只是含混地发出了"唔"的声音。川上催他道歉，他也只是轻微点了点头。

另外，5月下旬之后，他们指责川上基于人种歧视意识几乎每天都在虐待裕二，在这段时间里，裕二身为"受害者"，一直在单方面对其他同学施暴。不只是暴力，川上还亲眼看见了裕二大声谩骂一名女生。

裕二有一种倾向，当和朋友发生矛盾时，立刻就会采取暴力态度。与中井吵架时也是如此，明明问一下他就可以避免的，偏偏二话不说就动手动脚，所以才会把事情闹大。

裕二的这些问题行为，很早以前就是A小学家长们担心的根源。

在他读1年级的时候，嘴上说着"不知道这个剪刀快吗"，就把班里女生的手剪破了，害她缝了几针，这件事很出名。因此，很多家长说"不想和他有什么牵连""千万别让我家孩子和他分到一个班"，这也是事实。

校长和教导主任转达的浅川和子的话，在川上看来也都是没影的事儿。

"听浅川太太说她曾经来操场参观过裕二同学的足球训练，她说：'川上老师到办公室门口抽烟，我明明就在眼前，他却仿佛没看到，也不打招呼，嘻嘻哈哈地笑着。感觉像是故意无视我。'川上老师，你可长点儿心吧。你认识浅川太太的车吧？好像是宝马的旅行车。看到这辆车，说明家长在，至少得去打个招呼啊。"

听了教导主任的告诫，他还是一片茫然。

自己有时候确实会到办公室外面吸烟，此时如果碰到家长，自然会打招呼。但是，他完全不记得碰到过浅川和子。根本不可能出现嘻嘻哈哈、无视家长的情况。

（这位家长净说些莫名其妙的话，到底是怎么回事啊？）

可是，出于教师的立场，总不能无端与家长对立，他有些为难。

川上对于当下小学教师的规定，确切说是不成文的规定，已经烂熟于心。当学生出了问题时，教师要充分顾及家长的说辞，即使是无理取闹，也要尽量避免彻底拒绝或者发生争执。

川上有些踌躇不决。确实，如果跟家长针锋相对的话，本来能解决的问题也解决不了。在这件事上，果然只能由身为教师的自己来让步吗？

校长上任不久，不能再给他添麻烦了，这种心理也在作祟。

因为在家访时谈及"混血"，又用手背拍打过裕二的脸颊，川上决定就这两件事向家长道歉。关于"混血"的言论，他认为并不像校长指责的那样不合时宜，但是既然此事给裕二造成了伤害，作为班主任他还是感到内疚。

至于拍打脸颊，果真算很严重的体罚吗？他心里自然有些怀疑。当时如果不阻止裕二，他之后一定还会继续对及川施暴。为了保护受害学生，他觉得这也是情非得已的事情。

但是，反过来，校长说"体罚1次和50次没什么两样，不在于质或者量"，这话也让他感到苦恼。哪怕是只有过一次，也必须道歉吗？

他对校长说，自己想起来了拍打裕二脸颊的经过，"可能体罚有点过火"，表示在反省，并提出希望向浅川道歉。

校长的表情瞬间像是松了一口气。教导主任立即跟浅川和子联系，询问对方方便的时间，将"道歉日"定在了6月7日晚上8点。当天下午6点左右，川上与校长、教导主任聚集在校长办公室，决定在道歉之前先碰个头。

校长开门见山地对川上说道：

"今天安排的场面是我们斥责你。并不是我们觉得你可恶，作为同事，为你着想才批评你。可能会大声问你'为什么要那么做'，也会言辞锋利地问'你怎么能对人家的宝贝孩子下此毒手'。不过我们是同一条战线上的，并没有憎恨你。你也有家人吧？你得守护你的家人。我也有家人，我也会守护自己的家人。今天要打起精神来应对。"

听了这番话，川上心想：嗯？也就是说让我演戏？校长申斥，自己就一个劲儿地低头道歉。无论浅川夫妇说什么，都要承认说"是，您说的没错"。他们可能希望我充当这样的角色。

不过，为了裕二早日恢复，我会真心道歉，这种心情没有虚假。

浅川和子与她的丈夫卓二（化名）8点整现身学校，在校长办公室与校长、教导主任商量了片刻，然后教导主任把川上叫了过来。这是川上第一次见到卓二。

卓二身材高大，西装笔挺，不知道他从事什么工作，脸晒得黝黑。川上首先寒暄了一下，没有得到回应。但是，最令他吃惊的是对方的眼神。

家访时，听和子说她丈夫与自己是同乡，老家也是熊本县，因此，川上觉得他那一双大眼睛和南方人特有的相貌是熊本县人的典型特征。不过他正怒目圆睁地看着自己，毫不夸张地说，他眼中怨恨的火焰正熊熊燃烧，十分刺目。

（这可不一般。）

川上被那异样的目光盯得惊慌失措。他瞥了一眼和子，她反倒像戴了面具一般面无表情。不过，她目不转睛地盯着自己的视线也显得异常执拗，令人毛骨悚然。

在一片尴尬的气氛中，校长率先岔开了话题。

"我和教导主任前一阵听浅川太太说了，也转达给川上老师并约他谈过了。他说想跟您道歉，所以今天请二位在百忙之中大驾光临。按说应该直接登门拜访，却麻烦您专门跑一趟。根据川上老师的陈述，我们也会考虑让他向裕二同学道歉。川上老师，你得先说点什么啊。"

在校长的催促之下，川上默然点了点头，说道：

"家访时，我说到了'混血'，不知道这话给裕二同学的内心带来了多大的伤害，我深感抱歉。而且，我用手背拍打裕二同学的脸颊属于训导方面的过激行为，再次向您道歉。关于这件事，我也会直接向裕二同学道歉。"

他深深地低下了头，但是那对夫妇没有任何反应。

一阵沉默过后，浅川和子开口说：

"家访时我拜托过你吧？我家孩子是ADD儿童，希望不要用暴力管教他。可是你为什么从第二天就开始对他实施体罚？单独留下我家孩子，说什么'数到10之前收拾完，不然的话就从5种刑罚里选一样'，我家孩子10秒之内没能完成，所以选了滴溜溜。结果你就使劲按住他的头滴溜溜地转动拳头。我说的没错吧？我说过他是ADD儿童吧？"

川上目瞪口呆。

（她到底在说什么啊？）

"不，我没有！"

他否认了，由于过于紧张，声音有些尖。

然而和子根本不理会。

"他也选过匹诺曹。结果你就使劲牵着他的鼻子拖着走。鼻血把他的衣服都弄脏了。"

"对，你这么一说我想起来了，他衣服上沾过血。"

卓二插了一句。

"因为衣服被鼻血弄脏了，我就问他'怎么了'，但是他只说是'摔倒了'。因为鼻腔有伤，他变得很容易流鼻血。另外，还被罚过米老鼠和面包超人。米老鼠就是揪住两只耳朵让双脚离地吧。孩子的耳朵破裂，流血化脓。而面包超人就是使劲转动拳头挤压两颊。他本来就有口腔溃疡，结果被挤得破裂出血。你为什么要实施这么过分的体罚？"

她没有一丝激动的神情，娓娓道来，这种说话方式与家访时大致相同，但是说话内容却令人怀疑自己的耳朵。

"我记得好像是他学习的时候往旁边看，所以我轻轻扳住他的肩膀，让他向前看……"

面对鬼话连篇的家长，川上大脑一片空白，想要否认却有些前言不搭后语。

"我在问你为什么那样做。裕二回家之后说'累了'，一副精疲力尽的样子。因为那天有足球训练，我就问他'训练时发生什么事了吗'，他只是呆呆地回答说'不想去'。我总觉得他样子怪怪的，就套了一下其他孩子的话。我问'裕二是不是在学校表现不好'，结果他告诉我'裕二被老师体罚了，而且是每天，很可怜的'。听那孩子说，裕二在放学回家的路上，一直喊'头痛'。你为什么要体罚他？"

"不，我没有。"

卓二拦住川上的话头说："没问你有没有，问的是为什么。"

"人家家长说的话你明白吗？问你为什么啊！"

就连教导主任也给他们夫妇帮腔，这让川上很受打击。因为刚才碰头时，教导主任明确说过"没做过的事情不用承认"。

"我明白……可是，我没有做。"

"为什么裕二回家的时候受伤了？"

卓二再次责问。

"打扫卫生时他偷懒，有女生抱怨过。可能是那时候，呃，我讲过米老鼠。"

"我们不是来听你的借口的。要是这么点儿小事儿就来找你，确实老师都没办法触碰学生了。现在我们就到外边，让你尝尝同样的滋味儿吧！"

和子暂时制止了气势汹汹的卓二，不过川上感到了人身危险，自己真的有可能被他暴打。

和子继续说道：

"家访时，裕二隔着门听到老师说'血液肮脏了'，但是他不懂'肮脏'的意思，第二天去学校查了词典，才明白是'变脏'的意思。然后他就开始对我们说'我的血液肮脏吗？既然变脏了也会弄脏别人，去参加足球训练会弄脏大家'。作为父母应该怎么回答？"

"血液肮脏了？"

川上又一次怀疑自己的耳朵。

（难道是说我在家访时说过这么过分的话吗？！）

"家访第二天，你就实施了体罚，让他从5种刑罚中选一样对吧。而且是每天。因为你数到10之前他没办法把学习用品收到书包里，他就在家练习，努力在10秒内完成。后来他做到了，我就表扬了他，可是仔细一想，我又觉得为什么要因为这事表扬他呢？然后你马上加快了数到10的速度对吧。因为他无法完成，你就扯他耳朵。据说几乎是每天如此。他一回到家就一副精疲力尽的样子。不是因为他干了坏事，而是因为收拾得慢就遭受了体罚。与其说是体罚，不如说是欺凌！"

"不，我没有。"

（到底怎样才能编出这么一番鬼话？！）

川上惊得嘴都合不上了。

第一眼看到卓二凶神恶煞般的样子，他瞬间感到这对夫妇不一般，和子沉着冷静、口齿伶俐地讲出这些荒唐无稽的话，令他听得不寒而栗。

（这到底是孩子还是父母在撒谎？）

不管是谁都很奇怪。

川上一直在否认，而和子根本不搭理他，依然面不改色。她那死缠烂打的腔调让人感到刺耳。

"说到有乐便有苦，有苦便有乐，你就扯出来了'因为基督享乐才被钉在了十字架上'这句话是吧。"

"有乐便有苦，有苦便有乐，这话我在数学课上说过。"

"裕二的计算练习题没做完，因为他去旅游了，所以没做完。那时候你也说过吧。因为裕二信基督教，你就说因为基督贪图享乐才被钉在了十字架上，你说过吧？"

"……"

（因为基督贪图享乐才被钉在了十字架上？）

川上就像丈二和尚完全摸不着头脑。说起来，他既不了解基督教，也不感兴趣，不至于拿基督做例子教育孩子们。

不过，他确实对裕二说过"有乐便有苦，有苦便有乐"。大约一个月前，黄金周期间有两天不放假，裕二却没来上学，而是去埼玉县的亲戚家玩了。因此，他没能做完计算练习题这项家庭作业。

于是川上以这句格言为例，温言训诫了他。

"裕二同学去旅游玩得很开心，可是这期间没能完成计算练习题，所以今后要努力补上哦。人生既有快乐的事，也有痛苦的事嘛。所谓有乐便有苦。"

（这句话为什么会和基督的十字架扯到一起？）

"我跟教导主任讲了以后暴力就停止了，可是周围的妈妈们对我说'裕二同学不要紧吧，最近一直在遭受语言暴力呀'。做游戏的过程中，他跟朋友抢一个座位时，你就说'美国输了，要恨就恨你的血统吧'，对吧？"

"不，我没说。"

"我想问的是你为什么要体罚。"

此时，教导主任又一次插进来给她打掩护。

"孩子家长在问你为什么体罚，你得说原因。"

川上极力否认，然而在场的人根本不听。

按照最初商量的那样，无论家长说什么，你就一直道歉。教导主任不问青红皂白，就说了这句话。川上也明白他的意思，可是面对浅川夫妇的满口谎言，总不能唯唯诺诺地全都认下来。他有些茫然失措。

"我不记得体罚过……裕二同学朝后看的时候，为了让他向前看，好像……捏着他的脸转过去的……因为没做记录……想不起来是什么时候的事。"

卓二仿佛忍无可忍了，恶狠狠地说：

"什么？心虚了吧？我就知道是这样。你为什么体罚？你没办法说因为歧视，这样你会受到处分。根本没有过什么暴力行为，我早就料到你会这么说。那你为什么要道歉？多说无益，你给我从校长办公室滚出去！"

和子一边安抚怒气冲冲的卓二，一边说：

"我老公一开始就说过谈话也没用。"

卓二再次责问：

"你为什么要道歉？如果你什么都没做，又有什么必要道歉！"

"……我什么都没做。"

房间里充满了剑拔弩张的气氛，一触即发。

（没办法和这对夫妇正常交流。）

川上放弃了，校长似乎也认识到这一点，就对川上指示说：

"今天再谈下去也拿不出什么结论，你先回办公室吧。"

不过，川上觉得最后还是要声明一点，就对瞪着他看的夫妇开口说：

"因为我伤害了浅川同学的内心，所以想着一定要给他道歉。"

和子一口咬定川上说过"掺杂了血液""血液肮脏了"，因此裕二很受伤。所以川上提出无论如何要向他本人道歉。

但是，此时夫妇二人依然无动于衷。

川上无可奈何，只说了一句"告辞"就出去了。

之后四个人之间进行了怎样的谈话，详情不得而知。不过，川上后来只听说那对夫妇扬言"希望辞掉那种老师"。两人好像晚上10点半左右才回去。

他们当着川上的面滔滔不绝地说一些无中生有的事情，令他震惊，川上几乎陷入了茫然若失的状态。

牵着鼻子走，到了流鼻血的程度？耳朵破裂化脓？他们说我用一些难听的歧视性语言骂自己的学生，说什么"血液肮脏了"啦、"美国输了，要恨就恨你的血统吧"之类的。到了最后，还强行下结论说这不是体罚，而是教师欺凌学生。

因为过于荒唐，川上甚至有一种错觉，这是在说别人的事吧？他想大喊："无凭无据！"他想大叫："你撒谎！"但是，出于教师的立场，他抑制了这种冲动。

自己越是意气用事，对方就越激动，如同火上浇油。无论家长的说辞多么不合理，都不想与他们彻底决裂。因此，他拼命克制想要争辩的心情，只能坚持说"不，我没有做，我没有说"。

在办公室待命的川上再次被叫到校长办公室。校长与教导主任一副沮丧的表情。因为原本川上道歉之后事情就可以告一段落了，结果反倒进一步恶化了。

"浅川太太说过的事，我都没有做过。"

川上一看到校长就说，然而校长一副心不在焉的样子。非但如此，他还开始絮絮叨叨地斥责川上，似乎在埋怨他没有按照当初的计划行动。

"今天的目的不是道歉吗？不是说好了今天我来狠狠地斥责你吗？结果今天的谈话成了你的逐一解释。不需要解释。川上老师，你真是个实心眼儿啊，你会吃亏的。我本来想着一直批评你，结果事与愿违。成了你的解释。我不是说过吗？今天的谈话你要做好思想准备。就算为了守护家人也该一直道歉，你一解释浅川先生自然会生气啊。不需要解释。"

（解释？）川上一时间没明白什么意思。

（原来是说我——否认了浅川说的事，对于校长和教导主任来说，事实如何根本无所谓。）

川上有种破罐子破摔的想法。

（原来校长和教导主任是想强逼我承担责任，好让事情圆满收场。）

可是，家长毫无道理地寻衅生事，却要我照单全收赔礼道歉，简直是岂有此理。

川上一直压抑在心底的话不吐不快，拼命诉说自己的清白。

"为什么我要每天实施体罚呢？"

"我怎么可能体罚他到耳朵出血的程度呢？"

"因为我明白孩子也有人格，所以我不可能用蛮力压制他！"

"家长说的事全都认下来的话，我岂不是成了暴力教师？"

然而，校长根本不听他的辩解。

"教导孩子时，关键要看对孩子造成了什么影响。体罚的问题不在于是否真的痛。由于实施体罚，你没办法重新获得那孩子的信任，这才是问题的关键。含糊其词的话，别人会觉得你在撒谎，没有陈述事实。"

竹篮打水一场空、瞎子点灯白费蜡说的就是这种情况。川上终于醒悟再说什么都没用了，无论怎样辩解都得不到信任。

面对默默无言的川上，校长这样说道：

"浅川太太一直要求换班主任。但是，我解释说没办法换。不过，我们的解决方案是在你上课的时候安排一位老师，监督你以防体罚。我跟浅川太太也是这么说的。"

不管川上愿意不愿意，他只能点头答应。不过，校长接着说道：

"班主任（现在）不能换，我希望你努力。一旦换了班主任，你身上的标签就撕不掉了。在别的学校也会被人替代。要争口气，回归初心，不要丢掉教师的尊严。"

这还是第一次得到校长像样的鼓励，川上也算是得到了一丝慰藉。

与浅川夫妇决裂两天之后，果真如校长解释的那样，开始实施"随堂听课"。也就是说，监督川上的教师进到4年级3班的教室里。负责监督的一共有5人，校长、教导主任再加上3名教师。他们轮流值班，5人中总会有1人待在教室里监视川上，以免他对裕二造成伤害。这是一项前所未闻的举措。

第一天，裕二上课迟到了。校长与教导主任在教室后面注视着，川上走近裕二，当着其他同学的面向他道歉。

"我用暴力或语言伤害了一个孩子，给他带来了精神上和肉体上的痛苦。从今天开始，有老师监督我的言行。还是由我讲课，不过有老师监督我。刚才说的这个孩子就是浅川同学。浅川同学，对不起！"

川上低下头，当事人裕二露出了似乎有些害羞的表情，看上去眼睛好像有些湿润，不过他马上移开了视线。周围的孩子惊得目瞪口呆，来回看川上和裕二的表情。也有人喊："老师没有做过啊！"气氛有点儿怪。

（为什么我必须做到这种程度呢？）

一种异样的感觉笼罩在川上心头。

川上感到苦恼极了，不知道如何收拾这个残局，就向同事们寻求建议。一位女教师这样说道：

"因为家长已经有了受害人意识，所以你只能承认家长说的事吧。当然了，有些事可能你也不想承认，不过你承认了会让家长放心呀。他们会觉得你听了他们的话，你在反省。这样一来，其实家长也明白这一点，所以他们会说不光是老师的错，自己家孩子也有错。"

川上感到迷茫。果然不得不承认体罚吗？可是，浅川指责的体罚非同一般。一旦承认下来，就会落下暴力教师的骂名，恐怕很久以后也抹不掉吧。即使这样也行吗？

不过，道歉之后能解决问题的话，事情能够圆满收场的话，哪怕是牺牲自己，也许还是承认下来比较好。

6月17日，正当川上这样想的时候，一位男同事来告诉他"刚才浅川夫妇来了"。傍晚6点多，他们事先没有任何联系，突然来到了学校。同事低声耳语：

"今天是个好机会啊。如果事情闹得更大，学校这边就管不了了。你打算怎么办？今天可是个好机会啊。"

女教师的建议让他的想法开始朝道歉的方向倾斜，男同事的劝说基本让他下定了决心。总而言之，只有全盘接受对方的主张，才能让这场闹剧收场。

（那么，既然如此，该说些什么道歉的话呢？）

川上想强逼自己站在浅川夫妇的立场上思考。如果自己的孩子无端受到班主任老师的过度体罚，自己会是什么心情呢？考虑到这种心绪，模棱两可的道歉是不行的。如果不是诚心诚意地低头道歉，对方恐怕不会接受。

不过，虽然他在心里这样劝说自己，不知不觉间还是会情不自禁地发出长长的叹息。

（明明什么都没做过，为何非得这般道歉呢？教师这份工作为什么这么不容易啊？）

傍晚6点半左右，川上在校长办公室再次见到了浅川夫妇。他们的脸色和上次一样。卓二瞪着川上，和子注视着他，神情冰冷。

校长首先开口说：

"因为事发突然，我没有从川上老师那里听到任何消息。我也不知道他要说些什么，特意让他空出来了时间，请听他说一说吧。"

川上缓缓地开口说道：

"今天您特意留出时间给我，非常感谢。迄今为止，我对裕二同学所做的一切，如果像家长说的那样，那就不是体罚，而是欺凌。不知不觉间，给他造成了肉体上和精神上的痛苦，我感到非常抱歉。我觉得真的很对不起裕二同学。十分抱歉。"

虽然自己觉得是诚心诚意地低头道歉，但由于是牛不喝水强按头，无论如何也没有真情实感，内容也不具体。也许是敏锐地发现了这一点，和子责问道：

"考虑到裕二的感受，不是不知不觉间吧？"

"你说话有点奇怪。不是不知不觉吧？你要换个说法！"

校长如鹦鹉学舌般复述和子的话。

川上一时语塞。此时应该说什么呢？被逼为没有影儿的事道歉，说"不知不觉"是真心话。可是和子抓住这一点追问。

川上已经无话可说了。

"我所做的一切不知道给浅川同学造成了多大的伤害，实在抱歉。"

说完之后再次深深地低下了头。但是，浅川夫妇依然保持着凶恶的表情，进一步确认。

"滴溜溜、扯耳朵、牵鼻子，这些你都承认是吗？不是体罚，而是欺凌对吗？"

"非常抱歉。"

川上一个劲儿地低头道歉。

"你承认体罚过对吗？"

校长叮问道。校长命令川上直接离开校长办公室，他便顺从地退出去了。这次道歉实际只用了10分钟左右。

后来，浅川夫妇回去之后，川上与校长和教导主任商量了善后对策。川上与浅川夫妇面谈时，教导主任有事不在现场，回校以后听说川上道歉了，喃喃道："总算是承认了啊。"

校长也仿佛松了口气，带着一副安心的表情说道：

"今天和浅川夫妇的谈话中第一次开了个玩笑，今天他们第一次和颜悦色地跟我说话。浅川先生的表情和以往不一样了。"

然后校长问川上今天为什么肯道歉了。

"我接受了铃木老师和田中老师的建议，才下定决心道歉的。不过，说我讲过'血液肮脏了'什么的，浅川太太说的人种歧视发言太过分了，如果他们提到这一点，我想着要断然否认的。"

听了这话，校长的脸色眼看着阴沉起来。

"虽然今天浅川夫妇高高兴兴地回去了，可是还不能大意。浅川先生说他认识媒体从业人士，不过现在把这个问题压住了，不让它浮出水面。我们还是不能放松警惕。"

川上吃了一惊。

（这事要是被媒体打探到可就麻烦了。）

在川上看来，校长和教导主任也不想把这件事闹得更大，为了极力避免更大的风波，才不断对浅川一方做出让步的。浅川一方正因为非常清楚学校方面的这一弱点，才趁机闪烁其词地提到媒体二字。他想不出其他原因。

（这不是威胁吗？）

川上觉得浅川夫妇的手段有些卑劣。

第二天，校长又把川上叫过来，质问他"昨天道歉时为什么要用欺凌这个词"。

"假如浅川太太说的都是事实，那我就是在实施毫无意义的体罚，所以是欺凌。"

他只能这样回答。

浅川夫妇6月7日来学校时，和子一口咬定"不是体罚，而是欺凌"，因此川上借用了她的这个说法。结果校长再次叮问。

"你的行为会被人当做欺凌，这样也没关系吗？"

"我想早点儿在学校里解决问题。至于我的行为会被人当做欺凌，也只能接受了。"

他低着头小声说。

但是，这一系列风波并没有因为川上的道歉而告终。

全面道歉之后过了3天，20日早上，即将开始上课的时候，浅川和子来到学校，再次控诉令人震惊的事情。据她说，9日开始随堂听课以后，川上也会趁着负责监督的教师换班的短暂空隙，与裕二擦肩而过的瞬间打他一下或者给他一拳。

这一天4年级学生要去校外参观学习，由川上带队。回校以后，校长告诉他和子又来抗议的事。

"不，我没有。基本上在5分钟休息时间里，我都没有靠近过裕二同学。"

老实说，川上已经厌烦了，同时他益发觉得浅川和子有些异常。

从晨会到放学班会，负责监督的教师一直待在教室里，目光炯炯地盯着川上的一举一动。和子说趁着教师换班的空隙，根本不可能产生这样的空白时间段。不可能施加暴力。校长也亲自参与监督，应该十分清楚这一点。

而且，周围的孩子们也从来没有反映过"老师对裕二施暴"。

（可是，为何校长在浅川面前什么都不敢说？为何那般任人摆布？）

对于校长的懦弱，川上叹了口气。

而当事人裕二呢，非但没有因为班主任老师的"暴力"而胆怯，在班主任当着全班同学的面向他道歉以后，他便越发如脱缰的野马。上课时，裕二会突然站在自己的座位上大喊大叫，不和集体一起行动，随便乱跑。

浅川和子依然没有松懈对川上和学校的攻击。第二天，她亲自拖着裕二的好朋友来到校长办公室，让他陈述体罚的"目击证词"。

和子最先带过来的同学A虽然嘴上说"记得不太清楚"，还是作证说："因为裕二同学没有做回家的准备，而是在看书，川上老师就揪住他的头发。当时他一直喊'好疼'。"

和子带来的第二个同学B说："自从负责监督的老师来了以后，课间休息时间就没看到过川上老师打裕二同学，不过负责监督的老师不在的时候，川上老师的态度变得很严厉。"他还作证说："当裕二同学做错事情的时候，我看到川上老师扇他耳光了。"这个耳光估计是指川上轻轻拍打裕二脸颊那次。

还有一位同学C，是和他母亲一起来的。他说："川上老师揪过裕二同学的耳朵，捏过他的脸颊，还对他做过滴溜溜，我看到过几次。"但是，这位C同学也作证说，负责监督的教师加入以后，就没看到过川上施暴的情形。

3人说的话都很含糊。因为校长没有问他们任何细节，比如哪一天、什么时候看到的。另外，这3名同学当中，有两人和裕二参加了同一个足球俱乐部，关系十分亲密。

校长当天还听了裕二本人的陈述。晚上，裕二在父母的陪同下来到学校，断断续续地讲了放学时川上逼他在10秒之内收拾好，每天用米老鼠、面包超人等体罚他，在教室里听川上说他是"美国人"等等。不过他只字未提因体罚而受伤的事以及人种歧视言论。至于基督教之类的话，他明确表示"没听说过"。

于是，校长惴惴不安地问了这样一个问题：

"对不起啊，可能你不愿意回忆，关于什么美国人啦，美国的头发之类的，老师有没有对你说过什么？"

裕二之前一直夹在父母中间正常说话，此时突然身体变得僵硬，低下头，眼泪啪嗒啪嗒掉下来。他这出人意料的反应让校长惊慌失措，没有继续追问，就认定是因为川上曾经有过什么歧视性言论。

校长从裕二本人和其他同学口中得到了大概的证词，无论详情如何，体罚已成既定事实，他认为没办法让川上继续担任4年级3班的班主任了。

校长已经通知家长，两天以后举办4年级3班的临时座谈会。顺带说一下，这次座谈会是浅川夫妇一开始就要求举办的。

这次临时座谈会的前一天晚上，校长对川上说了更换班主任的事。在自家附近的咖啡馆与校长会合之后，校长开口说：

"与浅川夫妇的关系无法修复了。作为班主任，你很难继续干下去了。只能更换班主任了……你觉得呢？"

也听不出这话是嘟囔还是抱怨。川上原以为今天的碰头是为了在明天的临时座谈会上向家长们解释随堂听课的来龙去脉。没想到事情急转直下，校长是来让他答应更换班主任的。

确实，就算他想要和家长之间找到妥协点，也实在无法与那对夫妇进行沟通。

（果然到了山穷水尽的地步了吗？）

川上已经不太抱希望了。

"我不能再给学校添麻烦了，虽然不想接受现实，如果更换班主任能够解决问题的话，那也是没办法的事。"

川上迫不得已同意了。校长曾明确表示"不会更换班主任"，如今只过了两周，这一承诺就轻易变卦了。

卸任班主任一职自然是很大的屈辱，不过对川上来说，更让他难过的是与孩子们分开。他从4月份开始担任班主任，还不到3个月，刚好才摸清32个孩子的性格与个性。

有个孩子极为内向老实。为了给晨会上唱的歌曲伴奏，那孩子努力练习弹风琴，终于能够在大家面前演奏了。如果得到周围孩子的认可，建立了自信，他的积极性将会判若两人。自己刚刚制造了这样的契机，却没办法亲眼看见他的成长。

有个孩子学习能力比较差。在观察他的学习状态的过程中，查到了一定的原因，找到了提高学习能力的方法。

但是，却没办法实施了。他既感到不甘心，又觉得遗憾。

不过，川上将眼泪吞到了肚里。他想，如果自己不再当班主任，裕二能够变得开朗活泼，高高兴兴地来上学的话，就算自己做出点牺牲也没什么。裕二作为关键人物，发生"事件"以后也精神十足地来上学，一点都没有害怕川上的样子，不过川上选择把孩子的心情放在第一位。

与校长分别后，他开始思考在家长面前朗读的道歉信的内容。这是一项令人心情十分沉重的作业。

在锤炼文章的同时，川上想起来两三天前一位同事对他说过的话。这位老师是当年浅川家大儿子在A小学就读时的班主任。

"那位浅川太太呀，在她大儿子读书时也闹过一场呢。她大儿子上课迟到了，我正想问原因，发现他手上拿着一封信。我满以为信上写着原因，拿过来一看，原来是与迟到没有任何关系的私人内容。结果那位家长勃然大怒，来学校抗议说我侵犯了隐私。我再怎么解释是无心之过，她也不肯听，最后我只能一个劲儿地道歉。"

（原来这位太太是专爱投诉的主儿。）

川上隐隐约约地似乎看穿了她的鬼把戏。听同事说他最终也是道歉了，心想面对那样的家长，也只能这样解决了，别无他法。

（所以我道歉也是无可奈何之事。）

川上努力想要说服自己。

第二天，也就是23日晚上7点，召开了座谈会。不到7点，作为会场的图书室里就已经挤满了50多位家长，大家都是一副不明所以的表情。学校方面的成员有校长、教导主任、教务主任、负责4年级的3名班主任，还有负责接待的老师，再加上川上。

浅川夫妇占据了家长席的最前排，照例将憎恨的目光投向川上。

校长首先说明了事情的经过。

"川上老师弄错了家访的日程，所以晚上很晚才去浅川先生家访问，而且待了很长时间。在家访过程中又说了一些不该说的话。其中之一是，当他了解到裕二同学的外曾祖父是美国人时，关于血统作出了不当发言。"

说到这里，校长转向浅川和子问道：

"您的祖父是美国人对吧？您也是归国子女吧。"

和子明确回答道："是的，没错。"

校长继续说道：

"而且，川上老师问及了宗教问题，还轻率地讲了他太太所做的生意（康宝莱）。家访结束之后，他又对浅川同学实施体罚，实在是不应该。他命令浅川同学10秒之内做好回家的准备，如果做不到，就让他从5种刑罚里自己选一样实施。一种是面包超人，指的是用力扯两边脸颊或者用拳头使劲按压。一种是米老鼠，指的是扯着两只耳朵让双脚离地的行为。一种是匹诺曹，指的是捏住鼻子左右甩动的行为。一种是滴溜溜，指的是用拳头滴溜溜地按压太阳穴的行为。还有一种是铁爪，这是一种摔跤技巧，用手抓住对方整个脸部，使劲按压的行为。还有，他曾经把人家装有重要的学习用品的书包扔到垃圾桶里。"

家长们看看浅川夫妇，再看看川上，都开始小声议论起来。因为对于大部分家长来说，还是第一次听说。

"啊？还有这事儿？从来没听说过啊，还真是头一次听说。"家长们开始窃窃私语，因为如果体罚这么重的话，孩子们回家后应该会说起这事儿，他们却从来没听说过。

"5月30日，裕二同学的妈妈向教导主任告发之后，这些事实便暴露出来了，隔了一天，我也直接找家长了解了情况，也向川上老师确认过了，虽然双方说的话有不一致的部分，我又从几个孩子那里了解了一下，确认了（体罚的）事实。"

接下来，校长讲了川上曾当着4年级3班全体同学的面向裕二道歉的事，以及从那天开始安排老师监督川上的事。

"然而，我们发现，在5人轮班监督川上老师的时候，趁着负责监督的老师换班的短暂空隙，川上老师又敲击裕二同学的桌子或者拍打他的头。因此，我们紧急决定，不再让川上老师担任4年级3班的班主任。由现在负责教务的老师以兼任的形式取代他。"

说完之后，他征求了家长们的同意。

然后他又道歉说："裕二同学没有任何不对的地方，错的都是老师和管理老师的学校。"更换班主任是件大事，家长们又开始更大声地议论纷纷。

处在风口浪尖上的川上神情恍惚地听着校长的话，给人的感觉是身在曹营心在汉，一副心不在焉的样子。他在教导主任的催促下站起身，把事先写在笔记本上的道歉的话念出来时也是同样的表情。

"今天，感谢大家在百忙之中抽空前来。我说的话践踏了浅川同学的宝贵人权，也曾实施过体罚，这都是事实。这给浅川同学的家人造成了严重的忧虑和不安，对此我感到万分抱歉。作为教师，在家访时询问宗教是不应该的，混血这个词也是给他的内心带来创伤的话，至于体罚，让他选择米老鼠或者面包超人之类的处罚也是绝对不应该发生的事，我在深刻反省。学校决定解除我的班主任职务，希望继任的老师今后能够关注浅川同学的心理健康，希望他能早日回到活泼开朗的状态，我会衷心祈祷他的康复。"

川上拼命忍住想要将真相和盘托出的冲动，因此他在道歉的时候没有包含一丝感情，只是单调地把文字读出来。

大多数家长听了川上的道歉后还是感到半信半疑。因为川上以前从来没有因为体罚惹出过问题。他突然站出来说曾对裕二大打出手，令听者不禁愕然。

接着，教导主任点名让浅川夫妇发言，他们便站了起来，主要是卓二讲话。他详细讲述了家访时川上的言行、从家访次日直到事件暴露期间裕二的情形，还说从其他孩子那里拿到了证词，这次临时座谈会也是他们要求召开的，更换班主任也是从当初事件暴露时就申请过的，算是补充了校长的说明。

这对夫妇落座以后，家长们嘈杂的声音变得更大了。

此时，一位家长发言道：

"我看老师的样子不像是在反省。几年前我就听人传言，川上老师对女孩子有过猥亵行为，遇到自己喜欢的女孩子，就故意在放学后留下她。有没有这回事？"

和子立刻插进来说：

"我听我家老大说过。'学校有个老师很奇怪，让女生坐在自己腿上，可以做这种事吗？'我回答说'有这样的老师真是奇怪呀'。听说在以前的小学也引发过问题，你是不是萝莉控啊？"

（猥亵？萝莉控？为什么我要被人说成这样？为什么会有这种无凭无据的流言蜚语？）

川上内心感到愤怒。

然而，在他辩解之前，教导主任就抢先开始解释了。

"关于这一点，我们向以前的小学打听过了。并没有发生猥亵行为。听说在授课方式上有点儿问题，不过跟孩子们相处没有问题。"

教导主任的话也让川上大吃一惊。

（什么呀？为什么这么周密地调查我？）

浅川夫妇一定是将跟自己相关的有影儿没影儿的事通通告到了学校。川上强烈地感到浅川夫妇那令人费解但又无法估量的憎恶，他断然否定了这一嫌疑。

一位母亲之前一直在认真倾听学校方面与家长之间的对话，此时她突然站起来开始说话，仿佛下定了决心。

"不好意思，听到现在我突然有些不舒服，感觉想吐。"

她是曾经遭受裕二暴力伤害的中井信一的母亲。她根本不相信学校方面的说明，不过她觉得如果学校是想通过让川上道歉来尽快收拾这场闹剧的话，也许自己最好不要多嘴，所以一直静观其变。但是，事情发展得越来越离谱，她忍无可忍才开了口。

"川上老师所做的事确实是不应该的，也无法原谅。不过事实上，我家孩子的手被浅川同学踩到了，他就问了句'你干吗'，结果遭到一顿痛打，脸都歪了。他回家之后还激动地说'我绝不原谅浅川那小子'，当时我劝他说'要学会原谅别人'。可是，突然就说什么更换班主任，没有一点原谅的余地，真是不可思议。我觉得很可怕。既然川上老师说了他在反省，我觉得正常而言会想给他一个机会。"

浅川夫妇听着这位母亲竭力提出的异议，一副非常不痛快的表情。然后，卓二反驳说：

"以前也给过他机会啊。尽管如此，川上老师还是背着负责监督的老师对裕二死缠烂打，不肯停止欺凌。"

他强行堵住了中井母亲的发言。

之后经过几番交谈，校长总结如下：

"这次的事情实在不应该发生，我感到自己责任重大。作为校长，我会继续努力，让大家放心地把孩子送到我们学校。为了避免川上老师重蹈覆辙，作为校长，我会负责任地制定措施，给他指导，让他参加研修，成长为一名合格的教师，一名合格的成年人。当然，我们整个学校都会关注浅川同学的心理健康。"

大约一个多小时后，座谈会结束了，一大半家长离开图书室的时候心里还有些不了然。

家长与其他教师离开之后，图书室里只剩下校长、教导主任和川上，还有浅川夫妇。浅川卓二径直走到川上跟前，用恶狠狠的目光看着他说：

"别以为这样就算完了！我绝对不会饶了你！"

他顿了顿又说：

"我要让你的孩子也尝尝同样的滋味儿！"

第3章 撤职：停职处分6个月

次日，即24日傍晚，校长的手机接到了浅川卓二打来的电话。内容是针对昨天座谈会上中井母亲的发言提出的投诉。

座谈会的目的应该是说明更换班主任的原因。可是，那位家长为什么要扯出毫不相干的孩子过去的事情？学校也有责任，为什么允许那样的发言？学校和那位家长是不是联手了？班级座谈会还不够，给我召开全校座谈会！卓二用了长达一个小时的时间，喋喋不休地表达了类似的意思。

校长很伤脑筋。他按照浅川夫妇的要求，更换了班主任，也召开了班级座谈会。可是，他们还是不满足。他们的要求究竟要升级到什么程度？

最终校长答应了他们的要求，在第一学期的结业典礼次日，即7月19日召开了全体家长会议。校长当着近100名家长的面，作了与班级座谈会上所讲内容大致相同的说明，并且不停地道歉。

另一方面，从座谈会次日开始，川上就被解除了4年级3班的班主任职务，从那以后，连在学校内自由行走都不能随心如愿了。因为校长下达了严令，除了教学楼1楼的教师办公室、校长办公室以及隔壁的西侧洗手间、1楼的配餐室之外，他不得随意出入其他地方。教导主任在教师办公室、校长在校长办公室一直对他进行监视，几乎是软禁状态。

另外，校长指示他"即使是课间休息时间，也不要与裕二同学以及其他学生有任何接触。我们要制造你和裕二同学零接触的事实"。因此，上课时间他呆在教师办公室给负责教务的老师打下手，下课铃一响，校长就不停地挥手叫他"快来！"，他就钻进校长办公室，慌慌张张地把门窗关得严严实实的。

川上都没能跟孩子们道别，这事一直挂在他的心头。召开班级座谈会那天，因为校长交代他"参加研修"，所以完全没能去上课，从那以后再也没能见到孩子们。

最终，6月20日去参观学习成了最后一面。他们去的是博多商家故乡馆和福冈市博物馆。博多商家故乡馆是一个乡土资料馆，重现了明治、大正时期博多的商业手工业者居住区，可以体验当时的平民生活。

在展品面前，裕二似乎被勾起了兴致，不停地问川上"这是什么，那是什么"。川上拿起数码相机对准他时，他便满面笑容地摆姿势。在市博物馆，裕二盖了好几个图章，川上都在旁边给他搭了把手。

有位女教师一直密切关注着裕二与川上的动静。她奉校长之命负责监视川上。临近出发时，浅川和子提出要求：

"我很害怕，不敢让裕二去，但是他本人一直很期待，所以希望学校采取一些措施。"因此，校长答应她安排一名负责监视的老师。

但是，这位被紧急安排同行的女教师在观察川上与裕二的状态之后，感到很奇怪。她在回学校之后向校长汇报说：

"看上去川上老师和裕二同学关系挺好的。一般说来，如果害怕老师，哪怕老师只是进入自己的视野里，也会赶紧离得远远的。可是裕二同学完全没有那种举动，他的态度根本不像是在害怕（老师）。"

校长不惜软禁川上，也要制造"与裕二零接触的事实"，尽管如此，浅川夫妇对川上的攻击却从未停止。夫妇二人再次气势汹汹地来到学校，这次的控诉内容是：

"裕二在学校里偶然碰到过川上老师两三次，由于太过吃惊，他身体开始不舒服。一回到家就冲进厕所，一直上吐下泻。能不能让川上老师不要来学校上班？"

总是对他们俯首听命的校长，此时也忍不住回绝了这个要求。

"我没有权限对来上班的川上老师说'回家休息吧'，不过我吩咐过他'要注意尽量别和孩子们碰面'。"

川上被软禁在1楼的教师办公室或校长办公室，而4年级3班的教室在3楼，虽说是同一栋教学楼，却几乎不可能与裕二碰面。另外，假如裕二碰到川上身体开始不舒服，那为什么当场没有出现症状？这一点令人不可思议。

可是，和子不肯死心，6月25日也不请自来。她坚持说裕二又碰到川上了，而且当时川上对他说了带有恐吓意味的话，他受到冲击，出现了身体不适的症状。她态度强硬地要求把川上派到裕二看不到的地方。

然而，校长的态度明显与往日不同。一副心神不定、心不在焉的样子。实际上，这一天《朝日新闻》的记者在小学出现了。这场风波终于传到了媒体那里。

校长打断和子的话说道：

"一场大风暴即将来临，恐怕风波会接踵而至。因此，整个学校会被搅翻天，也可能会在本地引起轰动。也许明天A小学的名字和我的名字都会上报。我们不会对裕二同学弃之不顾，但是不能像以前那样了。因为今后我们必须守护整个学校和孩子们。"

他又说："我得开会讨论一下如何应对媒体。"说完就留下和子自己出去了。

当天晚上8点半左右，《朝日新闻》的记者也来到了川上家。估计他是在暗中监视，川上开车回到家，把车停进车库，刚一打开门，他就疾步上前打招呼："请问您是川上老师吗？"

川上回答"是的"，他就递过来名片，自我介绍说："我是《朝日新闻》的市川。"这位记者名叫市川雄辉，来自西部总社报道中心。他提出来意："您知道A小学发生的事吧？想采访一下您。"

川上有些惊慌。白天校长对他说过媒体来采访的事。不过，他完全没想到这么快就找到自己头上来。他受到了冲击。

（自己忍气吞声地接受浅川夫妇无理取闹的要求，默默忍受毫无凭据的中伤直到现在，是为了什么？还不是为了尽可能在学校内平息这场风波？）

　　可是，最终还是到了被媒体打探到的地步。这一瞬，所有的努力都化为泡影了。

　　川上无可奈何地反问道："你说的是浅川同学吧？"对方立刻说："听说更换了班主任，发生了什么事？我已经采访过学校和家长，对浅川同学实施体罚、说血液肮脏之类的歧视性话语，这些确有其事吗？我想听您亲口讲述。"虽说是晚上，川上还是怕被邻居看到，就把市川请到了家中。他开门见山地问：

　　"就因为浅川同学放学回家时收拾得慢，您就对他实施了米老鼠和面包超人等体罚吗？您实施过数到10吗？"

　　"我从来没有因为他收拾得慢实施过体罚。不过，浅川同学老是在玩，有时候因为他一个人造成其他孩子都回家晚。所以我说过'来，我数到10，你赶紧把书包拿来'。当他和两三个朋友留在教室迟迟不走的时候，我也说过'来，我数到10之前赶紧离开教室'。"

　　"不过，我曾经用手背轻轻拍打过浅川同学的脸颊……"

　　川上失口说了多余的话。

　　"其他同学反映说'被裕二打过好几次'，所以我就批评了他。可是他不改，我就轻轻打了他一下。现在想来，应该是矫枉过正，我也在反省。"

　　市川叮问道：

"也就是说，顶多算是矫枉过正，并非因为歧视而体罚对吗？"

"是的。"

但是，可能川上的这番发言让市川认定，虽然和家长说的匹诺曹、面包超人等有些出入，可至少体罚确有其事。虽然川上自己觉得解释清楚了，反倒招来对方心中的疑云。

川上根本不知道应该如何应对突如其来的媒体。他甚至不敢相信，自己竟然成了媒体采访的对象。确实，一般人突然遭到媒体的采访攻势，要让他应对自如，也是有些勉为其难。不过，话虽如此，川上的应对实在太差。

市川继续问道：

"您有过人种歧视言论吗？"

"家访时，孩子母亲说'我祖父是美国人'，所以我就说'原来掺杂了美国人的血统，怪不得有点像混血儿'，仅此而已，并非因为歧视。"

"您有没有说过'日本是个岛国，过去只有纯正的血统，现在却掺杂了肮脏的血液'？"

"啊？！"

没有的事儿。

确实，6月7日与浅川夫妇面谈时，他们曾抗议说他在家访时有过"血液肮脏"的言论。但是，"日本是个岛国"这种话还是第一次听说。

（我至少知道日本并不是一个单一民族国家，又怎么可能说这种蠢话？）

"不，我根本没说过这种话。"

他强忍愤怒，断然否认。

"既然您什么都没做过，为什么要接受撤职这种严厉的处分呢？如果换作我，我会坚持说自己没有做过。"

市川咬住不放，有这种疑问也是理所当然的。

"按照家长的说法，'混血'这个词给孩子造成了伤害，我想对此负责。"

"可是您要接受严厉处分呀。您也没有确认过这话是否真的伤害了浅川同学吧？"

"因为校长的阻止，我没能直接问他。"

市川还是一副想不通的表情。"为了在学校内部圆满收场才接受的。"川上有些犹豫是否说出这个真正的原因。毕竟也要考虑学校和校长的体面。

采访结束时，川上提出了这样的要求：

"换了新班主任以后，裕二同学的心里踏实多了，似乎很愿意来上学。考虑到学生的情况，能不能晚一阵再登报？"

不知道市川是如何理解这句话的。

不过，他这样说道：

"家长、学校，还有您的说法各自有些出入。我会再次向学校确认的。"

次日，上班以后，川上向校长汇报了接受采访的事。

结果遭到一阵痛骂。

"你为什么接受采访？为了不把事情闹大，学校特意为你出面应对媒体。要是学校的说法、家长的说法，还有班主任的说法不一致，事情只会越闹越大。我不是说过吗？学校统一来应对媒体！"

确实，在25日的教工会议上，校长吩咐全体教职员工："为了统一口径，我会配合采访。如果媒体采访各位老师，你就对他说'去问校长吧'。"

（也许校长说的没错，可是我是当事人。记者突然到访，搞得我手足无措，情急之下就回应了而已啊。）

川上只是在心里默默嘀咕。

第二天，《朝日新闻》西部总社版面上刊登了一篇报道，大大的标题写着《4年级小学生的母亲说'曾祖父是美国人' 教师随后开始欺凌》，内容几乎都是根据浅川一方的说辞写的。虽然篇幅略长，全文引用如下：

据本报记者调查，在福冈市立小学，一位40多岁的男教师针对4年级男孩，反复多次实施揪鼻子、扯耳朵等行为，并称之为"米老鼠""匹诺曹"，因而被撤销班主任职务。学生家长说，家访时曾对该教师讲过孩子母亲的曾祖父是美国人，从那以后，他的态度就发生了变化，家长认为原因在于他的歧视心理。校方称："该教师在家访时曾有过'混血'等不当发言，不清楚这与他的问题行为是否存在因果关系，不过他的人权意识有些欠缺。"

据校方陈述，问题于5月中旬浮出水面。放学前，该教师只命令这位同学在10秒之内收拾东西，如果无法完成，就让他从"米老鼠（扯耳朵）""匹诺曹（捏住鼻子甩动）""面包超人（揪脸颊）"等5种"刑罚"中选一样实施。欺凌大约持续了半个月，造成学生耳朵破裂化脓。

5月末，家长向校方提出抗议，学校便安排教导主任等5人轮流随堂听课，却发现该教师之后也曾拍打学生的头。该教师于6月23日被撤销班主任职务。

另一方面，据学生家长说，5月12日家访时，曾提及学生母亲的曾祖父是美国人，结果该教师说："日本是个岛国，过去只有纯正的血统，现在却混杂了肮脏的血液。"他们控诉道："紧接着就发生了问题行为，很明显是因为他歧视外国人。"

家访时，学生听到了班主任的发言，开始追问父母"我的血脏吗"。家长说："原本希望孩子因为拥有跨越两种文化的个性而感到自豪，教师的言行却深深地伤害了他。"

校长解释说："我只是从该教师那里确认到他曾说过'原来是混血儿啊'，不清楚这与扯耳朵等行为是否有因果关系。不过，之后就发生了问题行为，被认为是歧视也合乎情理。"教师本人说："我不记得曾经说过'肮脏的血液'，（针对学生的行为）也不是因为歧视。不过，由于自己的行为给孩子造成了伤害，我愿意承担责任。"

当天早上，川上还没来得及打开报纸，就在电视上看到当地新闻正在介绍这篇报道，他不禁愕然。"该死的《朝日新闻》！"这话脱口而出。

报道中虽然标明了"据校方陈述"，却几乎把浅川一方主张的体罚写成了事实。

（原来校长是这么说的啊。我明明极力声辩没有做过！）

川上气得咬牙切齿。

"日本是个岛国，过去只有纯正的血统，现在却混杂了肮脏的血液。"这句令人惊掉下巴的发言，虽然也附上了"据学生家长说"，但看上去却像自己真的说过。

（这样一来，自己会被当成"人种歧视教师"。）

他又是愤怒，又是不甘，心灰意懒地来上班，没想到屋漏偏遭连夜雨，还有一件事在等着他。按照校长的命令，他又被从教师办公室和校长办公室赶了出来，被关押在一间名义上是"咨询室"的小仓库里。

在朝日新闻社采访之后，紧跟着西日本、每日、读卖等各家报社，以及当地电视台等福冈的所有媒体都聚集到了Ａ小学。校长不想让川上在记者们面前曝光。

由于被隔离，川上不知道校长对蜂拥而至的记者们说了些什么。但是，每次看到之后报纸和电视的报道，他都感到焦急。校长的解释与《朝日新闻》的报道没什么两样。他虽然嘴上说着"有些事情还没搞清楚"，却基本承认有过欺凌和体罚。

川上一方面越来越不敢相信校长，反过来又有些期待，觉得既然他说了"学校出面应对"，应该会保护自己。

因此，他老老实实地遵照校长的吩咐，面对众多媒体不分昼夜向自家发起的轮番攻势，他一直保持沉默。他紧闭家里的门窗，假装不在，一直屏气凝神，等待这场暴风雨过去。

媒体自然也咨询了福冈市教育委员会。市教委根据校长的报告，回复说："正如《朝日新闻》报道的那样，有过欺凌和体罚。"

于是，得到了Ａ小学校长和市教委的答复之后，几乎所有记者都认定了体罚基本属实。

6月30日早上，校长也没说清楚原因，就催促川上跟他走。川上开车跟在校长的车后面，来到位于福冈市早良区百道的市教育中心。

校长在那里向教育中心的工作人员介绍了川上，然后对川上说："从明天开始，希望你每天来这里研修。"说完就把川上留在中心，自己回Ａ小学了。

这便是与任职5年的Ａ小学简单的告别。"希望尽快把川上派到裕二看不到的地方。"对于浅川夫妇蛮横无理的要求，校长已经全面投降。

川上觉得很委屈。对方拿一些没影儿的事儿来寻衅，自己还没弄清怎么回事呢，就酿成了轩然大波，甚至遭到了媒体的严厉批判，最终如丧家犬一般被赶出了Ａ小学。

川上自次日起在教育中心研修，被烫上了教导能力不足的烙印，与被送到这里的其他教师一起，每天按照讲师布置的主题写报告。

（当时万万没想到会有这么一天啊。）

川上原本是一名普通的公司职员，兜兜转转，立志成为一名小学教师，连续9次参加教师录用考试却都名落孙山。第10次参加考试总算通过了，他从未忘记当时那种一步登天般的喜悦。

（可是……）川上悲叹自己命运多舛。

1957年6月，川上让生于熊本县八代市。父亲是个鞋匠，加上母亲、哥哥，一家四口人。父亲是工匠脾气，稍有不满立刻火冒三丈。川上把脾气火爆的父亲当做反面教材，逐渐形成了喜怒不形于色的性格，这也是他独特的为人处世方法。

川上从小是个老实孩子，擅长数学，后来考进了当地的工业高中，从那时起他就想从事能够活用理科和数学知识的工作。他的梦想是那种规模宏大的工作，比如在海外建设化学工厂的全套设备。为此，他必须考大学。由于他的鞋匠父亲的经济实力无法供他读大学，所以他选择了半工半读的道路。

他高中一毕业就来到东京，就职于一家化学工厂。在神奈川县座间市的工厂上班的同时，晚上去位于东京都新宿区的工学院大学2部工业化学系读书。

一开始他在公司宿舍住，第3年开始租房独立生活。川上天性喜欢孩子，与住在出租房附近的一对小姐弟关系处得不错，休息的日子会陪他们玩，给他们辅导作业，有时候还会做饭给他们吃。

两人的家庭情况比较复杂，亲生母亲离家出走了，父亲与他的情人一起生活。因此，两人偶尔会流露出落寞的神情，川上觉得他们很可怜。

那时，女孩子小声咕哝了一句话，触动了川上的内心。

"要是哥哥你是我们学校的老师那该多开心啊。要不你当老师吧？"

这句无心的话令他难以忘怀。虽然力量微薄，他想帮助那些心中烦恼苦闷的孩子，成为他们的精神支柱。

可是，单凭一腔热血能成为教师吗？教师是一种责任重大的职业。必须成为别人的楷模，还得与家长打交道。自己性格内向，不擅长与人交往，是否具备适合小学教师的资质，是个很大的疑问。

川上苦恼了1年，公司前辈对他说："年轻时失败了还可以从头再来。应该挑战一下。"受到这句话的鼓舞，他开始认真朝着教师这条道前进。

1980年3月大学毕业后，他从4月开始参加小学教职的函授课程。7月份，他从公司辞职，一门心思扑在了教职课程的学习上。已经无路可退了。1982年8月，总算修完了所有的函授课程，拿到了小学教师资格证。接下来只剩突破教师录用考试这道关卡了。

他第1次参加的是神奈川县的录用考试，完全不是别人的竞争对手。第3次参加的是福冈市的考试，他首次通过了初试，不过在复试的集体讨论中又落败了。之后他移居福冈，替休产假的女教师代课，同时继续参加熊本县和福冈县的录用考试，却都折戟沉沙。

（果然我不适合当老师吗？）川上很苦恼，1992年他35岁，眼看就要到报考资格的年龄限制了，他参加了第10次考试，终于通过了。

此时，川上已经结婚了，还有了一个宝贝儿子。听说他通过了，最为他感到高兴的自然是他妻子。

1993年4月，川上光荣地成为一名小学教师，前往福冈市内的小学赴任。虽说是市内，已毗邻郊区，孩子们都很淳朴，很容易管教。他已经有了长达10年的教学经验，在授课方式和管教学生方面都掌握了一定的技巧，然而如何应对家长还是让他大伤脑筋。

川上自然也注意到了，家长投向教师的目光越来越严苛了。过去教师被人们当作精英，近来社会地位也在逐步降低，与之同时，人们对教师的尊敬与信任也减弱了。报纸和电视上几乎每天都在报道教师的丑闻，这也强化了家长对教师的不信任。

他自己无意中对学生说的一句话，被曲解后传到家长那里，结果招致了意想不到的误解，有时候，他只是在家长通知书的教师评价栏里写了希望孩子加油做、努力做的事情，结果家长就打电话抗议说："你这是什么意思？"因此，川上不知道如何应付家长，越来越胆怯，结果往往在家长面前很拘谨，话也说不清楚。

1998年4月，他调到现在的A小学之后也是如此。在川上看来，与他之前任职学校的孩子相比，A小学的学生似乎更"油滑"。在老师面前嬉皮笑脸的，简直是当朋友对待。家长们对教师的评价也比之前学校更严苛，似乎总是在品头论足。

既然身为教师，自然应当对孩子严加管教。可是，在家长灼灼目光的逼视之下，本来理所应当的事却很难实现了。

有个学生几乎完全不肯吃学校的配餐，川上很担心，就提醒过他几次"最好再吃点儿"，结果他母亲就到学校大吵大闹，理由是"那个老师强迫我家孩子吃配餐"。

临近学期末，该制作家长通知书了，需要参考学生的计算练习册，尽管他多次提醒，有个学生还是不上交。川上实在没办法了，就让他放学后回家去拿。他家离学校不过几分钟路程，结果家长就大发雷霆："竟然让孩子回家去拿？万一出点事儿怎么办？！"

因此，很难说川上与家长和谐相处，可是孩子们都很仰慕他。孩子们围在川上身边喊"老师""老师"的情景，家长们也都看在眼里。

川上被解除班主任职务之后，还有个更大的考验在等着他。那就是福冈市教育委员会的约谈。约谈始于7月2日，共计长达30个小时，纠缠不休。之所以花费这么长时间，是因为川上当初在学校承认了欺凌和体罚并道歉过，而在这次约谈时却一反常态，全盘否认了。

站在川上的角度来看，原本是为了在校内平息风波才道歉的，结果却被媒体知道了，他们开始对自己展开抨击性报道。已经没有任何值得他挺身庇护的东西了，所以他决心如实讲述。

他解释说，尽管自己从未实施过浅川方指责的那种体罚和欺凌，却被校长和教导主任逼着道歉。而且，无论自己怎么主张"没有做过"，浅川方根本不听，为了平息他们的怒火，在校内结束这场闹剧，他被逼无奈，只能道歉。

虽然有些顾虑，川上还提到一点，那就是裕二本身存在问题行为，他曾对同学施暴。但是，市教委基本不认可川上的说辞。至于学生方面的问题，似乎是个禁忌话题，最好不要提。

8月22日，市教委把川上和校长叫过去，宣布了对他们的惩戒处分。川上心想，如果是程度较轻的"警告"处分，就顺从地接受吧。

（被人冤枉自然心里不痛快。可是，如果调到其他小学，站在讲台上重整旗鼓，就一定能让他们明白自己绝不是个坏老师。）

他心里就是这么想的。然而，结果完全出乎他的意料。

教委主任生田征生当面宣读了任免书。

"现对你做出停职6个月的处分。"

川上瞬间觉得眼前一片漆黑。虽然感觉他们并不相信自己的申辩，可是万万没想到处分会这么重……

川上呆若木鸡，于是教职员第2科的科长用冷漠的口吻重复说道：

"川上老师，你将被停职6个月。这期间没有任何工资。请你参加研修，用6个月时间重新审视自己。"

然而，该科长转过脸来面对校长时的表情却截然不同。

"你4月才刚刚当上（A小学的）校长——"

令川上吃惊的是，这话刚一出口，这位科长的眼睛里竟然溢出了泪珠。

"——却发生了这样的事，你将会被通报批评，希望你今后也要继续努力，把A小学办好。"

校长听了这话也是一副感激不尽的样子，两人几乎要抱头痛哭了。川上目瞪口呆地注视着这个怪异的场景。

校长在市教委任职时间很长。从1998年4月到2002年3月，他在教导部基础教育科担任主任教导员，之后回到市里的小学担任教导主任，2003年4月，作为校长前往A小学赴任。此时他48岁，在市内算是最年轻的校长之一。也就是说，对于市教委而言，校长等于是自家人。也许是不忍心处分这位自家人吧。

另一方面，校长尽最大可能关照受害学生和他的家长，迅速更换了班主任，他那雷厉风行的举措得到了市教委的好评。正因为如此，才对他处分很轻，只是通报批评而已。

与之相比，川上的"停职处分6个月"是仅次于免职的严重处分，按照当时负责采访市教委的当地记者的说法，"基本等于让他辞职"。

据该记者说，由于家长和川上的说辞完全对立，市教委也很伤脑筋，因为不少相关事实还没弄清楚，作为一种妥协的产物，当初的结论应该是停职3个月。

然而，浅川方委派的代理人大谷辰雄等律师于7月向市教委提交了请愿书，要求彻底调查并严厉处分。事实上，这形成了压力，最终的惩戒处分变成了更为严厉的停职6个月。

关于这一点，负责调查和处分的市教委教职员第1科的吉田惠子科长表示："律师那边确实提交过请愿书，不过我们并没有感到压力。"

市教委作出处分的主要依据是校长从3名学生那里了解到的目击证词，以及他针对4年级3班同学开展的匿名问卷的调查结果。校长是在7月7日实施问卷调查的，此时川上已经离开A小学。

市教委完全相信了校长对该事件所做的汇报。不过，他们向校长提出了一点疑问：既然裕二是在全班同学面前遭到了川上的体罚，那么其他同学如何看待这件事呢？怎么没有听到他们的声音呢？这是一个合情合理的疑问。

于是，校长为了回应这个疑点，开展了取证调查。

虽说是取证调查，也并非是挨个找孩子们谈话，而是采用了调查问卷的方式。据说理由是"尽最大可能关怀学生的心理健康"。

不过，在实施问卷调查之前，校长已经对教育委员会和媒体明确说过"（川上的）体罚属实"，所以即使有人推测问卷的本来目的就是事后确认，那也并非无据。

7月7日，校长把当天到校的4年级3班28名同学每5人分成一组，依次叫到图书室，向他们分发了问卷。该问卷由5个问题组成，在此仅介绍前两个重要问题。

　　从4月开始，老师有没有打过人？
　　　　　有　　　　　没有

　　你有没有看到或者听到，老师在上课或者做游戏时，在大家面前或者针对某位同学，说过美国人或者头发之类的话？
　　　　　有　　　　　没有

在实施问卷调查时，校长虽然没有提及"川上老师""浅川同学"等具体名字，由于事先做了一定的补充说明，估计大部分学生都已经察觉到跟这次的事件有关。

但是问题在于设问方式。首先来看一下第一个问题，浅川夫妇在6月7日"道歉日"那天曾经这样说过：

"家访（5月12日）时，我拜托过你吧？我家孩子是ADD儿童，请不要用暴力管教他。可是，你为什么从第二天就开始体罚他？"

也就是说，他们自己的主张是体罚始于5月13日以后。可是不知为何，校长在设问时却特意追溯到了4月份。

4年级3班的某位同学针对这个问题的回答是"有"，他这样解释理由：

"我没有看到川上老师用力扯浅川同学的鼻子或者向上提他的耳朵，也没有看到浅川同学因为体罚而受伤。不过，因为浅川同学打了及川同学，我看到老师批评了他，还打了他的脸颊，所以我在'有'上画了圈儿。"

孩子们不可能连日期都记得，不过裕二被打脸是4月18日前后发生的事。因此，目击这件事的同学自然会回答"有"，实际上，在"有"上画圈的有22人，在整体人数中约占80%。

校长表示，根据这个数字，只能认为体罚属实。

第二个设问也存在问题。到了6月份，作为学习和平的一个环节，4年级学生会学到福冈大空袭①。孩子们自然会"听到"川上在上课时说过"美国"或者"美国人"。

---

① 福冈大空袭：1945年6月19日至次日20日，第二次世界大战期间美军对福冈市发动的大规模空袭，造成一千多人死亡或失踪。——编者

另外，前面出现的4年级3班那位同学说："做游戏时，不是老师，而是一位女同学曾对裕二同学说他是'红头发'。"

很难断言这样的事实没有对回答造成影响。结果有16名同学针对这个问题回答了"有"，约占整体人数的60%。

市教委似乎认为可以相信这样的问卷结果。

虽然吉田科长（前文提到过）表示"承认调查方法有些含糊"，但是最终市教委认定：川上在4月到6月期间，断断续续地对裕二实施了"米老鼠""面包超人""匹诺曹"等体罚，这属于违反了《学校教育法》的禁令。

另外，市教委还认定以下行为均属实：曾将裕二的书包放在垃圾桶上或者扔进去；曾实施所谓的"数到10"，即数到10之前必须完成任务；在上课或者文娱活动时曾对裕二说过"美国人""红头发"之类的话。家访时关于"混血"的言论，也属于缺乏人权意识的不当发言，这是身为教师不该有的行为。

市教委还指出，这些发言让裕二感觉遭到了歧视，给他的精神造成难以忍受的痛苦。教师的这一系列行为，属于单方面攻击比自己弱小的存在，也符合"欺凌"的定义。

因此，媒体认为这是整个日本首例由市教委认定的"教师欺凌"，大肆报道，引起了轰动。

川上在家访时曾谈及自己妻子的业务，会被人理解为帮忙销售减肥食品；询问宗教导致了家长的不信任；当初承认的事实，后来又否认或变更了大半内容，让所有当事人一头雾水。市教委将这几点都作为惩戒处分的理由。

只是，关于"血液肮脏"言论以及体罚导致受伤，这些关键理由并没有明确证据。至于强迫自杀的发言，也是到了8月中旬才突然发现的，由浅川一方口头传达给市教委，没赶上对川上的约谈。关于裕二所患的PTSD，由于9月以后才出来诊断结果，不作为处分依据。

　　自被宣判惩戒处分的次日起，川上开始闭门思过。每天在家书写之前教育中心的讲师布置的作业，例如以《关于班级运营方式》为主题的研究报告。

　　停薪6个月对于背负房贷的人来说是个沉重的打击，当然，精神上的打击更是无法衡量。有一阵子，他感到进退维谷，不知如何是好，终日彷徨失措，甚至没能马上想到对该惩戒处分提出申诉。

　　此时，川上周围的形势不断恶化。当地媒体消停了一阵子，却依然在关注这一惊天事件的发展趋势，报社和电视台同时报道了市教委下发的惩戒处分。

　　在当地媒体中，供职于西日本新闻地域报道中心的记者野中贵子一直在热心地追踪这一事件，尤为突出。

　　9月9日，她刊登了一篇爆炸性报道。接到校长和朋友的电话，川上立即打开了该报纸的晚报，跃入眼帘的是令人恐惧的文字："也有过逼迫自杀的言论""男生家长考虑起诉"。

　　（逼迫自杀？到底怎么回事？）川上慌里慌张地去看正文。

　　由于福冈市西区市立小学的一名男教师（46岁）持续对四年级男生（10岁）施暴，该市教委认定该教师的行为属于"欺凌"，决定给予他停职六个月的处分，这在全国尚属首例。然而，该教师当时承认了错误，如今却矢口否认。男生家长表示有可能会选择刑事诉讼，他们说："我们发现儿子曾试图跳楼自杀，因为老师让他去死。"

（简直一派胡言……）

川上哑口无言。竟然说他让裕二"去死"。

报道认为市教委的调查不够充分，还充满同情地描述了男孩家长为自己孩子奋起抗争的情况：

市教委之所以能做到这一步，是因为孩子父母竭尽全力的控诉。"学校和市教委都对自己人很宽容。儿子只能靠我们自己守护。"母亲放下了手头的工作，四处奔走，拜托同学父母出面作证。

"不想牵连进去""害怕老师打击报复"。大部分人不愿意配合，不过还是有5人肯作证。他们查明该教师以前也欺凌过别的学生，有的孩子情绪变得不稳定，说"害怕老师"。

同时，母亲录下了儿子的喃喃自语。"老师笑着把我的书包扔进了垃圾桶里。做游戏的时候对我说'因为你是红头发，你来当鬼'。还说'美国人脑子笨'。"从他那哆哆嗦嗦的嘴唇中，"欺凌"真相陆续浮出水面。

家长将这些内容汇总到意见书中，于8月13日提交给市教委。后来又发现该教师曾逼迫孩子自杀，对他说"美国人没有活着的价值""自己去死吧"。于是口头补充了这一条。

（中间略去）

男生家长控诉道："他害得我儿子以为自己的血液很脏，甚至想从公寓六楼跳下去。绝对无法原谅他。"

（后文从略）

川上以前曾经因为事故失去了一名学生，他从未忘记当时的那种切肤之痛。

（自己怎么可能逼迫学生自杀呢？简直是胡言乱语！）

反过来，川上又觉得"那位母亲完全有可能说出这种话"。那是因为，无论是谈及体罚，还是歧视性言论，随着时间的流逝，和子的说法不断升级，没完没了。

《西日本新闻》的野中记者撰写的"独家新闻"不止如此。接下来又在9月22日的晚报上刊登了一篇报道，标题是"受停职处分的教师在受害学生家附近停车，家长向学校抗议"。

（前文从略）22日，本报记者调查发现：受停职处分的教师将汽车停在男生家附近，男生目击该车辆时受到了精神上的煎熬，引发呕吐等症状，因此家长向学校提出了抗议。家长控诉道："我们儿子受到了更大的伤害。希望老师不要接近他。"（中间略去）自10日前后开始，男生在离家二三十米的路上数次目击该教师的汽车。据说每次都吓得他浑身发抖，呕吐不止。因此，家长于17日通过律师向校长提出抗议。校长表示："我曾告诫该教师要远离受害男生，他说没有接近过。"（后文从略）

自己从未做过的事、从未说过的话被认定为事实，写成了报道。

（这是写的别人的事吧？）

川上产生了这种错觉，就像当初和子因为毫无凭据的体罚向他抗议时那样。

说起来，自从被送到教育中心那天起，川上从未踏足过A小学的校区。因为校长对他下了禁令。为什么报道中会写他把车停在了浅川家附近呢？川上呆呆地盯着报纸上的铅字看了一会儿。

与此同时，校长告知川上，浅川夫妇以裕二的PTSD为由，打算向他和福冈市提起民事诉讼。原本就因为严重的处分受到了打击，听了这个糟糕透顶的消息，如同船迟又遇打头风。

浅川夫妇说裕二在事件发生以后，因腹痛和恶心饱受折磨，根据这些症状，怀疑是患上了PTSD，去医院接受了检查，第二学期开学没多久，9月8日以后就没去上学。紧接着正式被诊断为PTSD。

"如果PTSD一辈子都治不好，他们可能会要求你赔偿数亿日元的损失。"

面对紧锁双眉的校长，川上只能回答道："哦，是吗。"

说到底，裕二被诊断为PTSD这件事本身，已经超出了川上的理解范围。

简而言之，PTSD的定义就是"遭遇了有生命危险或者身负重伤的事件，体验了恐惧和无助之后，当时的记忆萦绕不去，持续出现失眠或过度警觉的症状"。

然而，川上根本不记得曾经实施过令裕二感到生命危险的体罚。那么他是怎样患上PTSD的呢？川上如堕五里雾中。

（他们一定是对停职6个月的处分不满意。无论如何也要逼得我被开除，所以事后编造了什么逼迫自杀言论啦、PTSD之类的话，一定是这样。他们到底要把我逼到什么地步才肯罢休呢？）

事到如今，川上才感觉到浅川夫妇那种异乎寻常的攻击性和执念深重多么恐怖。

浅川夫妇下决心提起诉讼是迟早的事儿，川上被逼无奈，需要尽快寻找律师。有个熟人给他介绍了隶属福冈县律师会的上村雅彦律师。川上结结巴巴地陈述了自己陷入的困境，上村觉得他没有撒谎，但是也不想马上同意为他辩护。

"这个案子要想一个人负责的话相当困难。要是还有别的律师肯站出来，我倒是可以和他一起负责。"

上村没有给出明确的答复，而是说了这样的理由。不过，川上也没有别人可以依靠，时常会去找上村咨询。结果，上村建议他"可以自己搜集一下没有实施过（体罚）的证据"。

因此，川上给及川纯平家打了一个电话，希望他能出面作证。因为裕二曾经对他施加暴力，这便是自己打裕二脸颊的原因，也是自己实施过的唯一一次"体罚"。川上认为，可能就是这件事招来了浅川夫妇的仇恨，成为整个事件的导火索。

然而，当及川纯平的母亲接到电话后向他本人确认时，他却出人意料地回答说"裕二没有打过我"。及川母亲觉得川上的行为有些可疑，就把这件事告诉了浅川和子。

于是，和子又把川上的这一行为公开出来，说他污蔑受害学生，形成了如下媒体报道。

　　西区的欺凌教师假装班主任，给同学家打毁谤电话

　　说该男生曾经打过您家孩子，市教委着手调查事实

　　23 日，本报记者调查发现：福冈市西区市立小学的男教师（46 岁）由于欺凌男生而被解除班主任职务，正在接受停职处分。他自称班主任，给毫不相干的同学家打电话，说"（那个说我欺凌他的）男生打过您家孩子"。家长向学校提出抗议："我家孩子说没这回事，请让他不要再打没用的电话了。"（中间略去）

　　校长向家长道歉，该市教委教职员第 1 科科长吉田惠子表示："不知道他为什么那样做，除了事实真相，我们还会调查他的目的，考虑是否需要给予处分。"（后文从略）（引自《西日本新闻》，2003 年 9 月 24 日）

川上的所作所为全都起到了反作用。本来是为了洗刷嫌疑而做出的行为，反倒平白无故引起周围人的疑心。

更大的不幸正朝川上袭来。

9月中旬，《周刊文春》的记者西冈研介来到了福冈。他从当地记者那里听说了这件事。

"有个老师很不像话，明明对孩子实施过欺凌和体罚，却不肯承认。你要不要来采访一下？"

西冈立即飞到了福冈，走访了市教委，询问了问题教师受到惩戒处分的来龙去脉，也从最先报道的记者那里获得了详细信息。然后，他采访了浅川夫妇的代理人大谷律师，也和浅川和子本人交谈过。

这位母亲用淡淡的语气倾诉了自家孩子遭受的罄竹难书的迫害，西冈听了深信不疑，便闯入Ａ小学向校长追问事情的真相。结果，校长虽然含混不清地反复辩解，却并没有否认存在体罚事实。

（原来有过体罚，实施过体罚呀。）

西冈逼近校长，斩钉截铁地说：

"孩子受了这么大的委屈，学校的处理太手软了。我要拿起正义之笔声讨这件事，你们学校的名字，还有你和那个老师的名字都要公开！"

校长变得惶恐不安。

西冈又给川上写信劝他接受采访，还打电话申请采访，川上的回复很冷淡。

"谢绝采访。"

其实，西冈采访Ａ小学之后，校长紧接着给川上打来电话，告诫道：

"你要小心《文春》的记者，他说话很犀利。他说要公布你的名字，谁知道他会写些什么！"

（公布我的名字？不至于做得这么绝吧？）

无论发布第一篇报道的《朝日新闻》，还是报道"逼迫自杀言论"的《西日本新闻》，都没有公开真实姓名。因此，川上有些半信半疑，姑且按照校长的吩咐拒绝了采访。谁知这样一来，反倒给盛怒的西冈火上浇油了。

他直接找上门去，正好碰到川上开车从外面刚回来。有个陌生男子站在自己家附近，一定是媒体记者。因为最近总是被他们围追堵截，川上也提高了警惕。他突然挂倒挡掉头开走了。西冈想要隔着车窗搭话，川上却置之不理，飞驰而去。

这个态度又彻底破坏了西冈对他的印象。

10月初，川上家收到了一本《周刊文春》。他战战兢兢地翻开书页，最先跃入眼帘的是一幅巨大的面部照片，眼睛没有打码，还有文章标题：

"史上最恶劣的'杀人教师'，恐吓学生说'要不我教你怎么去死'"

不只是面部照片，还有真实姓名、自己家的照片、A小学的全景照片，全都被曝光了。他面无血色，浑身颤抖。

（简直把我当成穷凶极恶的犯人了！我会被社会封杀的，再也不能站到讲台上了。我和我的家人以后会怎样？我到底做错了什么？）

远远超出自己想象的严重处分、关于"逼迫自杀言论"

的报道……最坏的情况也不过如此吧？这次他被彻底打垮，精神变得支离破碎。这篇报道便是致命一击。

引言部分进入了视线。

　　"米老鼠"：揪住两只耳朵，将身体向上提。"匹诺曹"：捏住鼻子来回晃动。一名恶魔般的教师将这些"刑罚"用在了学生身上。饱受该教师折磨的9岁学生患上了重度PTSD，甚至试图跳楼自杀。孩子母亲的含泪哭诉令敝刊记者震怒——

（我才震怒呢！）川上好几次想把杂志扔出去，不过还是强忍着读完了全文。报道开头如此写道。

　　"这孩子身上掺杂了肮脏的血液呀"——听了那个男人说的话，孩子母亲瞬间有些怀疑自己的耳朵。
　　男人名叫"川上让（笔者注：报道中用的是真实姓名）"，三个月之前还是福冈市西区市立A小学的教师。

接下来介绍了一下川上的简历，然后写道：他忘记了5月12日去学生家家访的事，迟到了4个小时，也没有好好道歉，开门见山地说"听说你家小B血统不'纯正'啊"。

　　据小B母亲说，小B的外曾祖父是美国人，他继承了这一血统，面部轮廓分明，发色也有些发红。而且，小B以前一直以自己的先祖为荣。

"然后老师开始执着地打听我的家世，当他得知我的祖父是美国人之后，就开始说'原来是混血啊'。"（小B的母亲）

接着又写川上没完没了地散布歧视性言论，而且从第二天开始虐待该学生，这和当地媒体的报道基本一致。不过，它借同学家长的话描述了体罚和逼迫自杀言论的详情，显得更为生动。

"因为小B没能在十秒内收拾完，不得已选了'匹诺曹'，川上老师就捏住他的鼻子来回晃动，鼻血都流出来了。其他孩子看到这么恐怖的场景，吓得都不敢吭声。"

"川上老师实施这些'刑罚'的时候，总是笑眯眯的，听孩子讲了这些事，我都感觉毛骨悚然。"

"孩子父母的控诉让虐待真相大白之后，老师又踢打小B的桌子，继续威胁他，说什么'你没有活着的价值，去死吧''你活着说明你不知道怎么死，我来教你吧'。这些粗暴的话哪像是一个教育工作者会说的啊。"

接下来引用了孩子母亲的话，她说事情真相暴露以后，川上终于被解除了班主任职务，可是为时已晚。

"问题被揭发以后，川上老师的照片被刊登在家长教师联合会的公报上，孩子一看到就变得异常激动，即使我紧紧抱住他，他还是又哭又吐，瑟瑟发抖地说'他一定会来报复我'。

而且，川上老师被解除班主任职务之后，他还是不停地胃痉挛、身体颤抖、呕吐，6月29日他哭诉说肚子痛得厉害，然后突然发作，不省人事了。

有一阵子，他真的以为自己的血液'肮脏'，甚至试图从公寓6楼跳下去。"

接下来又介绍了主治医师的证词："他现在的状况还很危险，稍不留神就有可能自杀，我认为他是由于受到虐待患上了PTSD（创伤后应激障碍）。"

而且，报道对于川上受到的停职6个月的惩戒处分表达了强烈的疑问。市教委答复说："因为有很多事实无法确认，所以我们认为停职6个月比较妥当，没有开除他。"该报道对此展开了猛烈的抨击：教师虐待学生，逼得那孩子差点自杀，单凭这个事实难道还不足以开除他吗？

报道内容不止于此。其实，后半部分的相当大的版面分给了川上的"疑似网络营销"。指的是前文提到的减肥食品康宝莱。

报道指出，川上利用教师身份，面向家长经营不当"副业"。还有一位家长作证，自称是川上老师"副业的受害者"。

"大概两三年前，川上老师开始了'网络营销'，经营减肥食品等美国产品。

"名义上是川上老师的太太在销售，其实是川上老师本人向家长们推销。虽说是网络营销，实际上类似于传销，需要不断发展'下线'，被川上老师拉拢的家长不计其数。

"而且采用了强加于人的做法，（中间略去）我听说他曾对学生说：'你妈妈太胖了，这样下去的话不知道啥时候就会死掉，最好让她吃老师推荐的减肥食品。'这种劝说简直带有胁迫的意味。

"川上老师的这种强行兜售自然遭到了家长们的投诉，A小学的原校长和原教导主任也曾多次警告他，可是他不肯罢手。"

针对该证词，报道讽刺道："一个口口声声歧视美国人的人，却沉迷于该国公司的网络营销，真是滑天下之大稽。"报道中还指出，该校学生的家长中至今仍有近20名川上老师的"下线"，这些"下线"曾积极组织签名活动，要求恢复川上的职务。更令人无语的是，文中还说川上受到停职6个月的处分之后，还在"下线"家长家里召开研讨会，宣传康宝莱。

"那是九月初发生的事情。A小学附近的公寓旁，川上老师的私家车停放在路边，很多家长都看到了。因此我向川上老师的'下线'家长打听了一下，据说当天是在该公寓的'下线'家召开减肥食品的研讨会，

名义上是'茶话会'。竟然是川上老师亲自主持。单看这一点，很明显川上老师丝毫没有反省。"（前文家长）

川上不禁惊呆了。

（带有胁迫意味的劝说？有20名"下线"？主持减肥食品的研讨会？一派胡言！这位自称"副业受害者"的家长到底是谁？自己嘴又笨，又不擅长和人打交道，根本干不了研讨会的主持。）

2000年左右，在A小学的一位家长执着的劝说之下，川上购买了康宝莱产品，原本体重100公斤，结果成功减掉了近27公斤。基于这一事实，他认为这个产品值得信赖，因此他的妻子才开始进货销售。

当然，川上也知道政府禁止公务员开展副业。

（所以我自然从未向家长兜售产品，也没有任何家长从我手里购买产品。）

不过，因为他本人瘦了很多，所以经常有家长询问他为什么变瘦了。不管是否有意，表面上看他是在宣传康宝莱。有一次家长缠住川上追根问底，他不知道如何回答才好，就说"请你问我太太吧"。

也许是这件事传到了原校长耳朵里，他曾口头告诫说："言行要谨慎，以免招人误解。"不过，仅此一次而已。

（想必这位记者也是听了和子的花言巧语，上当受骗了吧。可是，为何媒体全都如此步调一致地胡写乱写呢？）

不近情理、毫无根据的抨击报道如同狂风骤雨般袭来，加深了川上对媒体的不信任。

更糟糕的是，全国各大卫视的综合节目竞相播报《周刊文春》的这篇冲击性报道，因此这件事一下子传遍了全国的街头巷尾、千家万户。

自己还和从前一样，没有任何变化。可是，自己身处的舆论环境却如同过山车一般急转直下，当他回过神来时，已经被媒体当成怪兽了。

这样一来，除了原来的当地媒体，又新加入了一大批东京媒体，采访攻势愈演愈烈。川上与他的妻儿甚至无法安安静静地呆在自己家里了。于是，趁着凌晨媒体不在的空隙，一家三口开车躲到附近的温泉，到了半夜再悄悄回来，或者寄居在熊本老家，不得不过着逃亡般的生活。

川上一直拒绝接受采访，然而媒体还是一波接一波地涌到家门口，令他一筹莫展。于是他给Ａ小学打电话，想找校长商量一下。没想到接电话的教导主任冷冰冰地说："这事已经和学校没关系了，你自己想办法吧。"川上终于清醒过来，他被学校抛弃了。

（我为了学校做出牺牲，学校却完全对我弃之不顾，果然自己的名声要靠自己来守护。）

按照校长的吩咐一直拒绝接受媒体采访，事实上结果等同于缺席审判，正如《周刊文春》中报道的那样，川上的处境不断恶化。

（事到如今，只能靠自己好好申辩了。今后不再躲避媒体，我要从正面申诉自己的清白。）

川上下定了决心。

但是，实名报道已经给各个方面造成了影响。这件事已经在东邻西舍广为传播，不少人一看到川上就毫不掩饰地避开他。亲戚也厉声呵斥他："阿让，看看你干的好事！"

恐吓信与骚扰电话不计其数，有一封书写潦草的信上写着"现在我就去干掉你"，川上看到时从心底感到恐怖，甚至拜托警察前来巡逻。每当对讲门铃或者电话铃响起时，妻子都吓得心惊肉跳，根本不敢去接听。真正一直处于PTSD边缘的是川上的家人。

在遭受世人白眼相看时，妻子似乎也考虑过离婚。川上已经做好了思想准备，既然给妻儿带来了很多担心和麻烦，即使妻子提出离婚，他也只能接受。不过，妻子最终决定今后也要继续支持他。

至于正在读中学的儿子那边，川上亲自向班主任详细解释了事情的原委，拜托他多加关照，以免儿子在学校受欺负。可能是这个举动奏效了，儿子在学校似乎没有遇到什么麻烦，他反倒给川上打气："爸爸，这是上天给你的考验，你要加油！"

川上心想，为了家人，我只能咬紧牙关奋起抗争。

10月8日，果然不出所料，浅川裕二以及他的父母以他的PTSD为由发起民事诉讼，将川上和福冈市告到福冈地方法院，要求赔偿约1 300万日元的损失。

几天以后，起诉书寄送到了川上手里。原本这种诉讼文书跟他以往的人生没有半点牵连。封面上写着"索赔事件""诉讼事项价额为1 320万日元，贴印花税票金额为7.06万日元"，全都是陌生的法律术语。

（总而言之，是要我付1 320万日元吧。）

上面写的原告代理人是7名律师，分别是大谷辰雄、八寻八郎、内田敬子、桥山吉统、平岩美雪、甲木真哉、德田宣子。听说还有很多律师担任代理人，川上觉得可能实际负责业务的就是这7个人。

（真是不得了啊。在学校里引发的问题最终发展到这一步，成为广为人知的事件。真没想到竟然会被拖上法庭。果然回归讲台无望了吗？）

心底的各种不安像乌云般翻涌而上，他一边安慰自己如铅般沉重的内心，一边逐字阅读下去。

标题是"被告川上的不法行为"，记述了家访的经过以及随后开始的体罚和欺凌的详情，感觉基本涵盖了迄今为止浅川和子向学校及媒体控诉的内容。

在此摘选其中的重要部分：

从这一天开始，每天开放学班会时，被告川上都会对原告裕二实施"数到10"。

而且，被告川上在实施"匹诺曹"等"刑罚"时总是笑眯眯的，如果原告裕二想要赶紧收拾完，他就会故意加快数数，目的就是无论如何也要让原告裕二在规定时间内无法收拾完。我们只能认为，他在享受施"刑"。

原告裕二有如下症状：因为A"面包超人"受伤，造成口腔破裂，患上溃疡，牙齿折断；因为B"米老鼠"受伤，造成耳朵破裂化脓；因为C"匹诺曹"受伤而流鼻血；因为D"铁爪"跌倒受伤，造成大腿部挫伤；因为 E "滴溜溜"造成连续头痛数小时。

欺凌

原告裕二自5月13日起，放学回家时经常丢失铅笔、橡皮等学习用品。

（中间略去）

后来才发现，原告裕二之所以会丢失这些学习用品，原因如下：被告川上在上课过程中会拿走原告裕二桌上的东西，有时候会从原告裕二手上抢走他正在使用的东西，还当着全班同学的面大声问"这是谁的"。原告裕二回答说"是我的"，他就会说"那扔掉吧，太脏了"，说完笑着扔进垃圾桶里。而且，原告裕二想要从垃圾桶里捡回学习用品的话，被告川上就会皮笑肉不笑地威胁说"要想捡回来，就得选刑罚"，不允许原告裕二捡回学习用品。

逼迫自杀

被告川上自2003年5月13日以后，再三逼迫原告裕二自杀，他说："像你这种血液肮脏的人没有活着的价值。赶紧去死吧！自己去死吧！"

被告川上第一次这样逼迫原告裕二自杀是正在实施"铁爪"处罚的时候。

之后，被告川上又多次重复同样的话，逼迫原告裕二自杀。

其中有一次，被告川上在前一天同样对原告裕二说："你没有活着的价值，赶紧去死吧！"不过，第二天原告裕二和往常一样来上学了。结果，被告川上逼近原告裕二说："你还没死啊？是不是不知道怎么死？"他问原告裕二："你住的公寓有几层？"原告裕二回答说"6层"，他就说："你从你家公寓6楼跳下去吧，今天就要跳哈！"他不但教授了具体的自杀方法，还指定了期限。

原告裕二回家以后，爬到自家公寓的6楼顶上，还翻越了栏杆，好歹没有真的往下跳。

由于这一系列逼迫自杀言论，裕二深信自己是没有生存价值的人，至今仍然没有打消自杀的念头。这些身心方面受到的严重伤害，导致原告裕二患上了重度PTSD，起诉书中记录了其症状，部分摘录如下：

（闯入性症状）
原告裕二自5月下旬起，经常哭诉头痛或腹痛。

尽管被告川上不再担任班主任，也不再来学校了，他还是会在不经意间想起遭到被告川上施暴的经历，引发剧烈的胃痛，身体不停地颤抖，呕吐不止。

例如，正在进行足球比赛时，他只是看到对方选手摸鼻子，就会突然陷入一种错觉，觉得自己流鼻血了。有一次他说"我流鼻血了吧"，然后回到长椅上，身体瑟瑟发抖，呕吐不止。还有一次，同样还是在足球比赛过程中，当教练大声叫他名字时，遭到被告川上施暴的记忆就会苏醒，他深信自己"会被骂，会被打"，做好了挨打的思想准备，迈着沉重的脚步回到长椅上。

另外，光是看到家长教师联合会的公报上刊登的被告川上的照片，他就变得异常激动，虽然被母亲紧紧抱住，他还是呕吐不止，嘴里喊着"他一定会来报复我"。

原告裕二在睡觉时也总是做噩梦，无法保证充足的睡眠。

（回避症状、情感麻痹）

原告裕二不愿意说起这次事件，说完之后身体会不停地颤抖，或者一副筋疲力尽的样子。

另外，本次事件自不必说，就连日常生活中发生的事，他也失去了记忆。

例如，原告和子交代的事情转眼就忘了，还有他自己以前说的话，有时候甚至会忘记刚刚吃过饭。

（警觉性增高症状）

原告裕二晚上也睡不着，持续失眠。

还会因为一点点琐事就勃然大怒，拿原告和子撒气。

而且他无法集中精力做任何事，每天呆在家里神情恍惚，看过的电视节目内容也大多不记得。

当家人外出时，房门自不必说，他会锁住所有窗户，保持过度警惕。

而且稍微有点风吹草动就会把他吓一跳，呈现过度的惊吓反应。

裕二的主治医师是久留米大学医学部精神神经科学教

室的讲师前田正治，他专攻受害者精神医学，他对裕二现在的症状作出诊断，又和自己以前诊断过的病例作比较，补充如下：

他的状态比被强奸的女性以及乘坐"爱媛丸"（与美国的潜水艇相撞后沉没）的高中生还严重。既然状态如此严重，说明原告裕二还没有说出遭受被告川上暴力的真相。考虑到原告裕二的身心状况，让他去上学等于让他每天去犯罪现场，是极为危险的。

根据前田医师的建议，原告裕二自2003年9月8日起，处于不得不缺课的状况。

（这么说来，那又是怎么回事呢？）

一个极为单纯的疑问涌上川上的心头。6月20日去参观学习时，裕二那撒欢儿的样子。身为加害者，自己是一个可怕的"暴力教师"，裕二却坦然自若地面对自己的镜头，露出了格外灿烂的笑容。

（即使现在见到裕二，他也应该能跟我和颜悦色地交谈，就像什么事都没发过那样。）

川上坚信这一点。可是，起诉书上明明白白写着"被告川上"。折磨自己的学生，使他患上PTSD的罪魁祸首似乎就是自己。川上有些莫名其妙。

不是刑事诉讼，而是民事诉讼，这一点也令川上想不通。既然体罚造成了鼻子大量出血、耳朵撕裂化脓的话，这不已经足以构成伤害事件了吗？浅川夫妇为什么没有向警方报案？

说得极端一点，川上甚至觉得被警察逮捕比较好。因为他想：警方展开搜查的话，裕二也得接受盘问。这样一来，浅川方的虚假指控立即就会被拆穿，自己的冤屈也一定能够大白于天下。

然而，警方不会介入民事诉讼，很难查明真相。也许原告认为这一点反倒对己方有利，一开始就锁定了目标，只打民事官司。川上越想越觉得是这么回事。

以大谷律师为首的原告辩护团，此时竟然增加到了503人，真是个离奇的数字。川上越发感觉到了危机，多次恳求上村律师成为他的代理人。可是对于上村来说，以一人之力对抗503人的话，这担子过于沉重。因此，虽然他接受咨询，却依然没有明确答应。

此时，《朝日新闻》的那位市川记者再次来到川上家门口。门一打开，他就说了"审判即将开始，请您讲两句"之类的话。

不过，川上质问他："当时你说过'我会再次向学校确认'对吧？你写那篇报道时真的确认过了吗？"市川否认说："我没说过那种话。"又小声自语道："你也不是没有实施体罚。"

"我不会再接受你的采访！"川上断然说道，然后在他面前砰的一声关上了门。

10月10日，川上向福冈市人事委员会提出申诉，要求撤回停职6个月的处分。虽然是亡羊补牢，这一天也是川上开始反驳媒体的日子。

他对随同前往申诉的当地电视台说："我没有任何过错！"以此为契机，他开始积极回应电视综合节目及报社的采访，有时候甚至将背影暴露在摄像机镜头下，斩钉截铁地否认了一系列体罚和欺凌。

不过，某综合节目的采访记者给他下套，像诱供似的问他："你的体罚是有爱的体罚还是没爱的体罚？"他不由得回答说"是有爱的体罚"。

果不其然，电视上播放时故意略去了记者的提问，只有川上的这句话被播出来，显得很突兀，仿佛变成了承认体罚的发言。事到如今，川上才深深体会到了媒体的狡猾。

媒体原本都是一边倒地进行抨击报道，川上在四面楚歌中孤身奋战，不过总算给局势带来了一点微妙的变化。10月13日播出的日本电视台的 *The Wide* 以及14日朝日电视台的 *Super Morning* 都详细报道了川上的辩解。

特别是 *Super Morning* 中有一位疑似家长的人物出面作证说："我很难想象有过体罚。"另外，节目的女记者提出了一个疑问：既然体罚如此严重，学生之间应该会议论纷纷，也会传到父母耳朵里，可是采访过程中并没有发现学校里有这样的传言。

然而，《周刊文春》（10月30日刊）又开始极力攻击这些报道，严词责难 *The Wide* 和 *Super Morning* 两个节目，说他们是"拥护史上最恶劣'杀人教师'的史上最差劲电视台"，还介绍了大谷律师的愤慨评论：

"报道他（川上）的辩解也属于'报道自由'吧，

不过既然使用公共信号播出他的说辞，为何不同时核查一下他的证词的可信度呢？不去核查他之前变来变去的证词，只报道他现在的说法究竟有什么意义呢？"

　　而且该报道对川上的辩解付之一笑，说它是"莫名其妙的借口"，又指名道姓地批判对体罚产生疑问的 *Super Morning* 的女记者。文中写道："难道要求电视有'良知'像在果蔬店买鱼一样，是强人所难吗？"报道最后骂道："电视台随便播放教师的'反驳论调'，想要把学生和家长逼入绝境。你们到底还有没有做人的良心？"

　　不过到了此时，包括前文提到的综合节目，有几家媒体逐渐开始议论该事件的疑点。某当地电视台的记者在A小学附近细致打探了一番，从4年级3班的一位家长口中引出如下证词：

　　"问了一下我家孩子和他同学，班里孩子都说没见过浅川太太说的那种体罚，也没人见过裕二同学受伤。孩子们每次看电视或者报纸上的报道，都会坚持说：'什么呀？根本不是，全都是谎话。我从来没见过（川上老师）体罚或者欺凌他。'

　　"而且，我问了一下校长，据说裕二同学也没去过医务室。"

　　有一位媒体人因为住在A小学附近，听到周围的人议论说"那位老师可不是能做出那种事的人"，而且也听到了一些对浅川母子的评价。

第4章　审判：不合理的550比0

在本次事件之前，浅川一家的异常言行就已经引起了周围的关注。

例如，裕二入学时，开学典礼结束后，他的父亲卓二在决定家委会成员的会场上断言：

"自己家孩子自己来守护，我绝不参加交通轮值。在美国根本没有这种做法，这是日本独有的。父母负责养育自己的孩子，没工夫去照顾别人家的孩子。"

这番话惊得在场的家长们说不出话来，这事也成了人们的话柄。

动不动就扯出跟美国相关的话题，这也是浅川家的一贯风格。

"我是从美国回来的归国子女，刚回到日本的时候听不懂日语，很为难。""我祖父是美国人，我做口译和笔译工作。""大儿子读小学之前，我们一家在夏威夷生活。""我在美国的大学读书时，认识了从日本来留学的老公，我们没毕业就结婚了。""不想让孩子听到的事情，我们夫妻就用英语交谈。"

很多家长听和子讲过这些清一色的美国经历。

裕二也自豪地跟同学宣扬："我外曾祖父是美国人。"

不过，也有人对和子的话持怀疑态度。

"浅川太太说她们一家曾住在夏威夷，可是她家大儿子根本不会说英语啊。"

"浅川太太一会儿说祖父是美国人，一会儿说曾祖父是美国人，到底哪个是真的？"

以《朝日新闻》为首，各大报纸第一次报道时不约而同地写着"孩子母亲的曾祖父是美国人"，而《周刊文春》中的报道则变成了"和子的祖父是美国人"，起诉书中记载的也是"裕二的外曾祖父是美国人"。这似乎也印证了家长们的疑问。

川上浏览过所有这些报道，可是他丝毫没有怀疑过和子本人讲述的美国相关经历。然而，一位家长给川上打来电话，给他带来了冷水浇头般的冲击。

"我的一个朋友正巧跟浅川太太读的同一所高中，而且是同班同学。"

川上竖起了耳朵。

"听朋友说，什么在夏威夷生活啦，来自美国的归国子女啦，全都是谎话。"

"啊？！"

川上拿着听筒，不由自主地张大了嘴巴。

"原来她小学和初中都在福冈市内读的。高中也是在 F 高中读的呀。后来也不过是去夏威夷和美国本土旅游过几次。于是，她就说想从事口译工作。"

"哎呀，家访时她说什么小时候住在美国，回到日本后学日语很吃力。"

"哪有这回事儿啊！我朋友说得清清楚楚的，什么在美国长大，什么在夏威夷生活，全都是撒谎。"

"……"

川上无语了。

"那么，也许她祖父也不是美国人？"

"虽然我不敢断定，但是毕竟从高中时候就和她有交往的朋友说'我根本没听她提过什么祖父是美国人或者混血之类的话，好奇怪'。"

以川上的那种性格，他表面上虽然装出一副云淡风轻的样子，其实内心已经怒火中烧。

和子滔滔不绝地说出体罚、人种歧视言论、逼迫自杀言论等一系列荒唐无稽的话，川上虽然感觉她有些异常，可是如果她的经历本身就是虚构的产物，如果裕二的身体里没有流淌一滴美国人的血液……

（这场风波到底算什么？这不就是一场荒谬的闹剧吗？）

不言而喻，针对"美国血统"的歧视才是本次事件的根源。原告方的起诉书中也有如下记录：

> 而且，最重要的是被告川上向原告裕二施暴的原因以及施暴时的言行。
>
> 被告川上于5月12日家访时得知原告裕二的外曾

祖父是美国人，次日便开始实施数到 10。

另外，被告川上在家访时曾用"混血儿"描述原告裕二，又发表意见说"（日本人当中）掺杂了肮脏的血液"，口若悬河地批判了美国。

然后，对原告裕二施暴时，嘴上说着"要怨就怨你的血统"之类的话。

如前所述，原告裕二不仅遭到被告川上暴力相向，还遭到他的谩骂，比如"你的血液很肮脏""你太脏了""滚远点儿"。

由于这些谩骂和暴力，原告裕二深信自己的血液真的很肮脏。

原告裕二曾认真拜托原告和子，说"给我买张彩票吧"。原告和子一问他原因，他回答说："用中奖的钱把肮脏的血换成干净的。"（下文从略）

川上想尽快弄清浅川家"美国血统"的真相。律师应该能确认户籍，可是川上偏巧还没正式请到律师。他干着急，却束手无策。

他甚至有一种冲动，想把家长打来电话的事告诉前来采访的记者。不过，那是个人隐私当中最敏感的部分。而且，自己已经被打上了体罚教师的烙印，如果说起这些事，有可能被认为想要进一步诽谤中伤受害者。对记者们随便说话还是太危险了。

川上心想：事已至此，只能尽快选聘律师做代理人，在法庭上拆穿浅川的各种谎言。

10月30日，裕二的主治医师前田正治与大谷律师一起，就裕二的病情召开记者见面会。当地电视台的地方新闻中播放了见面会的情形。

根据这位前田医师的建议，裕二选择了休学，自10月14日起入住久留米大学医院精神神经科封闭病房。不过，记者见面会上没有公布这一事实。

前田强调：“男孩患的是非常严重的创伤后应激障碍（PTSD），还并发了抑郁症。我不得不推断教师曾给他带来极为严重的外伤。”和起诉书一样，他对病情解释如下：

“他频繁想起在班里被体罚的场景，无法摆脱这种记忆，几乎每天都会做噩梦，醒来时大汗淋漓。而且他一看到汽车就会害怕，觉得班主任可能在车上。每次都会引发心悸和腹痛。他有强烈的回避症状，不想去那些让他回忆起悲惨经历的地方。

“以前他很喜欢踢足球，如今也不能充分享受这种乐趣了。他觉得自己时日不多了，‘20岁就会死掉’。他入睡困难而且很容易醒，注意力不集中，警惕性很高，在人群中会感到害怕。我还发现他对日常发生的事非常健忘，现实感丧失。

“他深信自己的血液肮脏，责备自己，觉得受到体罚是因为自己的血脏，也有自杀愿望，想从公寓楼顶跳下去死掉。”

不过，蜂拥而至的记者问了一个这样的问题：

“你说他不想去令他回忆起受体罚场景的地方，可事实上他去A小学踢球了吧？”

裕二加入了足球俱乐部，用教练的话说，他是"为足球而生的少年"。他在久留米大学医院住院以后，每周六和周日都会去Ａ小学的操场上练习踢球，几乎一次不落。

　　据目击者说，裕二踢足球时充满了活力，和以前没什么两样。因此，家长们议论纷纷，怀疑裕二是否真的患有PTSD。

　　这明显与前田本人说的"强烈的回避症状"以及"无法充分享受足球的乐趣"相矛盾。所以一名记者提出了质疑。

　　对此，前田答复说："我认为足球有助于康复训练，我们医院建议他尽量参加足球训练。"但是，记者似乎不太接受这一解释。

　　这些质疑表明，大多数媒体已经开始对该事件产生了很大的疑问。某电视台介绍了校长针对学生实施的问卷，指出设问方式存在模糊不清的地方，对问卷结果的可信度提出了质疑。从那以后，电视台改变了方针，不再掺杂任何评论，只报道事实经过。

　　不过，同时也有当地记者仍然相信浅川方的说辞。

　　例如《西日本新闻》的记者野中贵子。她在《朝日新闻》的第一篇报道刊载后，立刻赶往Ａ小学采访了校长，又和其他众多媒体一起，在浅川家直接听了和子的讲述。和子也不激动，始终冷静地摆事实、讲道理，给野中留下了一个好印象。

　　（一般的母亲遇到这种事，就算失去理智也不奇怪，这位母亲却能很好地控制怒火啊。）

家中收拾得干净利落，她觉得这是个家风很正的家庭。

由于是同性，野中之后也紧跟和子，从和子以及与她关系亲密的家长那里打听到很多关于川上的事。班主任的严苛对待用常理无法想象，她发自内心地同情这对受害母子。

她根据和子和其他家长的陈述写下了"逼迫自杀言论"等"独家新闻"。不过，她的采访对象不包含任何4年级3班的家长，而他们才应该是最了解真相的人。

《每日新闻》的记者栗田亨也对教师的严重体罚和欺凌深信不疑。他虽然没有参加在浅川家举行的集体采访，却与川上取得了联系，得到他的同意后进行采访，在10月15日的每日新闻西部总社版面上，刊登了与川上的对话。

然而，栗田虽然听了川上长时间的申辩，似乎还是不相信他的话。他又在11月24日的《每日新闻》全国版中一个题为《教育之森》的专栏里，以"福冈男生受欺凌问题，互不干涉的班主任"为题，写了一篇报道，内容如下：

> "你的血液里掺杂了美国人的血，很肮脏。"曾任福冈市某小学班主任的男教师（46岁），因欺凌4年级男生（9岁），受到了停职6个月的处分。他也体罚过其他孩子，是个"问题教师"。男生患上PTSD（创伤后应激障碍）之前，欺凌问题为何会被搁置？因为背后存在一个教师互不干涉的"班级王国"。

对于栗田来说，川上的体罚已然是既成事实。报道以此为前提，已经开始探究原因。再引用一些报道正文：

> 据说男生光是看到家长教师联合会公报上刊登的教师照片就会异常激动，呕吐不止。他被诊断为PTSD，现在还在住院。（中间略去）
>
> 孩子母亲哭诉道："希望孩子能够恢复到原来的状态。"
>
> 然而，教师极度缺乏加害意识，他说："如果能（和男生）见面，我想还能像以前一样交谈。"
>
> 为何无人过问欺凌问题？校长解释说："同年级的老师们也完全没有注意。四五月份各位班主任都在忙于管理自己的班级，几乎没有与其他班级交流过。"
>
> 福冈市的市立小学中，教师人数一般比全校的班级数多2～4人。由于班主任要教所有科目，教师鲜少有机会关注其他班级的情况。一位曾在市内某小学任职的女教师（52岁）指出了问题所在，她说："一想到会伤害班主任的自尊，就很难开口管其他班级的事。班主任坚信自己班里的事只有自己清楚。"（下文从略）

既然"同年级的老师们也完全没有注意"，那么也可以做出完全不同的推测，那就是并不存在欺凌事实，然而栗田坚信存在。非但如此，他还推导出了"原因"，他认为正是因为存在封闭式"班级王国"的弊端，才会无人注意到川上老师的所作所为，造成欺凌问题被搁置。

报道中还批评市教委对于教师体罚的处分一律太轻。

1989年行为不端的中学生被活埋在沙滩上，与该事件相关的7名教师受到了记过处分。1998年某教师造成中学生面部受伤，需要一周时间才能痊愈，因伤害罪获刑事处罚，被罚款10万日元，结果只受到了警告处分。

文中还引用了有识之士的话：

一名50多岁的男教师非常了解体罚事件，他解释说："只要学生没死，教师就不会被惩戒免职。像本次事件这种停职6个月的处分是针对孩子受重伤的情况。"（中间略去）

神户大学研究生院法学研究科（法律社会学）教授马场健一提议说："即使微不足道的小事，如果父母行动起来，积累处分的成功案例，就能改变问题教师的意识。"

川上读了报道中关于"极度缺乏加害意识"的段落，内心极为生气。作为一线教师，对于马场教授的这一评论，也不由得感到怀疑。

不需要了不起的大学教授提议，如今的家长也经常会因为"微不足道的小事"行动起来。正如浅川夫妇那样，行动过于频繁。

如果像马场教授煽动的那样，家长们"微不足道的"投诉进一步增加的话会怎么样？教师会越发看家长脸色行事，因为过于担心家长的反应，甚至不敢对孩子进行必要的教导。

川上心想：完全有可能重复发生与自己遭遇类似的事件。

2003年12月5日上午11点，福冈地方法院在最大的法庭301号举行了"欺凌诉讼"的第一次庭审。普通旁听席仅容纳95人，法院准备进行抽签（实际并未实施）。法院大门口不只有当地媒体，就连在全国直播的电视台也架起了相机，可见他们对该事件的关注度有多高。

从旁听席看过去，左侧原告席上并排坐着11名律师，浅川夫妇坐在靠近原告的旁听席的最前排。虽然已是冬季，卓二的脸却越发晒成了古铜色，和子披着一头栗色长发，雪白的面孔与卓二形成了鲜明的对照。

两人时而与辩护团谈笑风生，一副从容不迫的样子。法庭上的初次露面，显得英姿飒爽。

相反，被告席则显得冷冷清清。川上的发际上白发很显眼，他一身灰色西装，孤零零地独自坐在那里。他有些发福，某女性周刊杂志报道说他长得像摔跤手大仁田厚。不过，从他身上怎么也看不出来"史上最恶劣的杀人教师"的威风。

其他5名男性是和川上一起被起诉的福冈市相关负责人。

一边是为了守护自己的孩子奋起抗争的英姿飒爽的年轻夫妇，一边是作为欺凌学生的缺德教师被告上法庭的中年男子。正义与邪恶的阵营截然分明，对于川上来说，还有一个决定性的更为不利因素。

原告方辩护团长大谷辰雄律师站起身，一副久经沙场的样子，口齿清晰地陈述起来：

"由于教师的不当言论和无休止的欺凌，男生深信自己的血液是肮脏的，PTSD的症状不断恶化。我们要求尽快认定细节事实，明确指出男生并无过错。希望尽可能在1年之内作出判决。"

而川上在庭长的催促之下畏畏缩缩地站起身说：

"我还没找到辩护人。"

那一瞬间，除了原告方，法庭的所有人都向他投去了难以形容的怜悯的视线。因为没有代理人，川上暂时没有明确表示承认与否。不过他表达了争辩相关事实的态度。

原告方辩护团的人数此时已攀升至550名左右，而被告方的代理人数为零。550比0，这是一个具有压倒性优势的不等式。以前由于公害诉讼等也有很多组成大型辩护团的例子。不过，在一场与体罚孩子相关的民事诉讼中，如此众多的律师联名起诉还是异乎寻常的。

关于组成大型辩护团的理由，起诉书中这样写道：

> 虽然原告代理人答应声援原告裕二，可是裕二一心以为"那个律师（原告代理人）真奇怪，竟然声援血液肮脏的我"。为了顺便让原告裕二明白，我们原告代理人不"奇怪"，都是普通的成年人、普通的律师，大约500名（笔者注：10月8日当时的数据）律师决定担任代理人。

按照这一解释，过度自责似乎是PTSD患者特有的症状，为了声援身陷这种症状的男生，给他打气，才召集了几百名律师。至少这足以吸引媒体的关注。

顺便说一下，表面看来，福冈市与川上同为被告，但是由于市教委已经对川上实施惩戒处分，所以双方立场略有不同。市政府的态度也印证了这一点，他们在法庭上承认了原告指控的川上的部分言行，并要求驳回诉求。

闭庭之后，当记者问及要求驳回诉求的原因，市政府解释说："如果全部承认，审判就会结束，不会有人查明真相。我们希望法院弄清真相后判定适当的赔偿金额。"他们甚至对原告方表示理解："我们已经对该教师作出惩戒处分，市里承担部分赔偿责任也是理所当然的。"

（状况如此不利，真的能够洗刷我的冤屈吗？）

在没有任何支援的法庭上，川上紧张得心脏快要破裂了，对于审判结果也感到了无尽的不安。

不过，当他意识到浅川夫妇从对面旁听席上投来了比以往更加怨毒的眼神时，他没有再移开视线，他下定决心从正面回视对方。

（估计会是一场苦战，可是我绝对不能输给那对夫妇，总之要尽快找到律师。）

于是，第一次庭审大约15分钟就结束了。

但是，原告方辩护团多达550人，几乎占据了福冈县律师协会人数的三分之一。在这种情况下，没有律师敢轻易出任他的代理人，与这么多人"为敌"。

他通过关系走访了几位律师，但是大都遭到了委婉拒绝。有人草率地说："这种官司，你一个人也能打。"有人开口就提钱："我们这边代理费是70万日元，胜诉的酬金是140万日元，你拿得出来吗？"还有人强调自己无意出山："我呀，都这把年纪了，想着不干（律师）了呢。"

川上万般无奈，来到了政府主管的法律咨询部门。负责接待的是南谷洋至律师，他的态度与以往的律师们明显不同。他诚心诚意地听完川上的解释，说道："希望你改日再来律师事务所。"

几天后，川上来到南谷律师的事务所，花费数小时讲述了事情的来龙去脉，表示自己是清白的。初次见面，直觉就已经告诉南谷律师：这么老实的人，不可能做出那样过分的事。

不过，他也理解川上陷入的困境，客观地看，形势非常严峻。就像刑事案件中的诱供，当事人曾经承认过错误，校长也承认了，市教委已经作出处分。而且精神科医生诊断学生的病症为PTSD。

有这么多对被告方不利的材料，想要获胜确实有很大障碍。但是，一定会有突破口。

南谷打算接手这个案子。他感觉义愤填膺。

（这是对一个人的批斗，相当于精神层面的私刑。）

越是听川上的讲述，南谷的这种感觉越强烈。

同时，南谷也能预料到，川上本身这种缺少霸气的内向性格在打官司时会成为弱点。无论如何都要打赢这场官司，必须洗刷自己的冤屈——从他身上感受不到这种气魄和干劲。

"打官司呀，就是打仗。"南谷让川上去法院之前做好思想准备。

过完年，2004 年 1 月下旬，南谷与上村商量后，两人都同意成为川上的代理人，并决定由南谷担任主辩护人。2 月 2 日，第二次庭审时，两位代理人指出川上体罚一事毫无根据，明确表示要彻底争辩相关事实。

南谷仅仅读了一遍原告方的起诉书，就觉得"无论是体罚场景，还是受伤情况，哪一句描述的事都不可能发生过，是不真实的"。

例如："被告川上用力捏住原告裕二的鼻子，晃动他的身体。因而造成原告裕二的鼻子大量出血，回家时衣服上沾满了血迹。""负责监督的教师换班时，他趁着这几分钟的空隙，对原告裕二施加暴力，用拳头殴打他的头部，而且在走廊里相遇时，也会突然对原告裕二拳脚相向。"这些关于川上体罚的记载令人发指，然而关于这些事发生的时间段、地点（教室和走廊里的具体位置）以及方式，并没有任何详细记录。

至于匹诺曹和面包超人等体罚，虽然上面写着"4 年级 3 班全体同学准备放学回家时""每天召开放学班会时都会实施"，但是根本没有说明放学班会到底是干什么的，什么时间开始，什么时间结束。

关于他们指控的裕二受的伤，就算是使劲转动拳头按压脸颊，怎么会造成牙齿折断呢？他们说耳朵破裂化脓了，在化脓之前父母怎么会注意不到耳朵上的伤呢？总之到处都是疑点。

关于家访那一段，上面写着川上"不断打听原告的血统，得知原告裕二的外曾祖父是美国人后，立刻说'原来裕二同学是混血儿啊'，然后便喋喋不休地批判美国"，然而并没有写明批判美国的任何具体内容。

也就是说，即使我们想象起诉书中陈述的主张确有其事，想象出的场景也缺乏真实感。

为了彻底戳破起诉书中的这些疑团和矛盾之处，南谷向川上仔细询问了事件前后学校里发生的事情。还特别要求他反复回忆与原告方的主张完全相反的家访过程，以及他们所谓的裕二每天遭受体罚的放学班会的详情，务求记忆准确。

不过，比起这些事，川上更希望在法庭上尽快揭露浅川的那个"美国血统"的真相，因为他觉得这是揭开对方谎言的捷径，南谷却非常谨慎。

家世和血统是极为隐私的事情，如果随便拿到法庭上说，反倒有被原告方捉住把柄的风险。而且，即使查出来户籍上没有美国血统的人物，如果对方反驳说"我美国的祖父没有写在户籍上"，那你也无可奈何。

话虽如此，南谷并非完全不拿这个问题当回事，而是等时机成熟时再妥当考虑。他劝说川上现在首先要解决的问题是好好回忆当时的状况。

于是，川上向南谷详细说明了放学班会的安排。

学生的放学时间，如果是上完第5节课，那就是3点20分，如果是上完第6节课，那就是4点10分。放学班会在这之前召开，由于夹在上课与放学之间，时间总是很紧迫。

尤其是5月12日那天，南区发生了一件令人震惊的事件，上学途中的小学生被一名男子烧成重伤。校长吩咐A小学也要采取安全措施，让孩子们提早放学，结伴回家。所以时间更加不宽裕。

最后一节课结束后，孩子们用两三分钟做好回家的准备。去架子上取下书包，将抽屉里的学习用品装进书包。然后值日生走到前面向大家宣布"开始放学班会"，让其他同学发言，总结今天发生的事、高兴的事、不好的事，接下来班主任发放各种资料、返还作业。最后班主任简单讲几句，值日生带头"跟老师说再见"。

这个过程大概需要15分钟。在如此仓促的状况下，班主任根本没有时间与一个孩子过度纠缠，更不可能实施体罚致其受伤。

（万一这么做，不光放学时间会大幅度推迟，放学班会也会陷入混乱，无法收拾。）

南谷越来越怀疑原告方的主张。

毕竟如果体罚这么严重，很多孩子亲眼看见后会告诉家长或者其他班里的孩子，无须浅川和子前往学校抗议，转眼间就会引起轩然大波。然而事实上，在和子提出抗议之前，没有一个人知道此事。

更让南谷深感怀疑的是，尽管他们控诉说孩子流了大量鼻血、耳朵破裂化脓、引发了口腔溃疡、牙齿折断了，却没有向法院提交任何相关诊断书。

顺便说一下，关于川上体罚的证据，《周刊文春》（2003年10月30日）中写道："该校教导主任已经确认学生耳朵上的伤，作为证据，辩护团保管着因川上老师虐待而折断的学生的部分牙齿。"（后来，大谷律师亲口否认说"没有保管"。）

（既然如此严重，理所应当有诊断书。）

唯一提交的诊断书是说被川上用铁爪招数推倒，造成右大腿受伤。病名是"右大腿后面挫伤"，上面写着"2003年5月20日前后，跌倒受伤。因此造成右大腿部有痛感，需要静养3周。"看这情形，估计是足球比赛过程中腿被踢到或者跌倒时受的伤吧。诊断书上的日期是6月10日，受伤之后已经过了20天。

南谷和上村汇总了这些疑点，于4月2日向法院提交了书面答辩。文中再次否认了川上的体罚和欺凌，关于逼迫自杀言论，也反驳道："完全没有事实依据，对方指控的一切事实均为虚构。"

在此基础上，南谷等要求原告方解释清楚9条内容，在此仅介绍其中的主要内容。

1. 家访时，原告和子与被告川上之间谈话的具体内容。起诉书中写着"喋喋不休地批判美国""滔滔不绝地谈论自己的想法"，其详细内容并未载明。

2. 起诉书中写道："原告和子听原告裕二讲完数到10的事之后，又找原告裕二的同学问了一下，确认了那些暴力行为实际发生过。"找哪个同学、以什么方式问的，以及确认到的"暴力行为"的具体内容。

3. 关于原告指控的几种体罚，是在哪个时间段、哪里（教室的哪个位置、是否原告裕二的桌椅周围等）、以哪种方式实施的？

4. 起诉书中写道："5月28日前后，因为书包中太乱，原告和子批评了原告裕二，并追问原因，原告裕二这才哭着讲述了'数到10'的事。"如何批评、追问的呢？裕二讲述的"数到10"的具体内容，整件事的来龙去脉。

5. 起诉书中指控川上使用铁爪招数推倒原告裕二，致使其右大腿部负伤，关于诊断书内容，初诊日期是什么时候？诊疗过程是怎样的？

针对这些疑问，原告方的大谷律师同样在书面答辩中作出如下反驳：

关于1和2，"原告和子的陈述书中会写明"；关于3，"认为没有必要解释清楚"；关于4，"初次听闻'数到10'的大概内容是5月28日，后来逐渐问出了详情，并非当天问出了起诉书中记载的所有不法行为的事实"；关于5，"初诊日期是2003年6月10日，在这之前原告和子曾给原告裕二贴膏药"。

和子于2004年6月提交了陈述书，关于家访场面，她是这样写的：

> 川上老师一看到裕二，马上就靠近他，摸他的头发。他一边抚摸裕二的头发，一边说"他的头发是红色的呀"。当时我在沏茶，也没在意，就随口回答说"是啊"。因为川上老师问我"是天生的吗"，所以我只回答了一句"是的"。
>
> 川上老师接着又说："我多少听说过一些……是不

是掺杂了外国血统？"我回答说"关系很远的"。

川上老师接着刚才的话题问："是哪个国家？谁是外国人？"我回答说："我的祖父是日美混血。所以我也只是遗传了一点点，裕二基本上应该算是纯正的日本人了……不知道为什么，打他刚出生起，就经常有人问他是不是混血儿。估计是跳跃式吧。"顺便说一下，我说的"跳跃式"，表达的是隔代遗传的意思。

前文也提到过，以《朝日新闻》刊登的第一篇报道为首，紧跟着的其他报社的后续报道全都写的是"孩子母亲的曾祖父是美国人"。然而，原告方的起诉书中写的是"原告裕二的外曾祖父是美国人"，所以报纸和电视台紧跟着都改了过来，《周刊文春》中也引用了和子的话，写的是"我的祖父是美国人"。川上本人在家访时也是听她这么说的。

然而令人惊讶的是，和子的陈述书中写的是"我的祖父是日美混血"，又恢复了第一篇报道中的说法。是"祖父"还是"曾祖父"，相关事实完全不同。

（因为实际上并不存在美国尊亲，所以才会颠三倒四地说吧。）

川上感到愤怒，他越来越怀疑所谓的"美国血统"。

让我们继续看陈述书。

　　裕二的血统属于个人隐私，跟他在学校的表现没有关系，我本来以为这个话题已经结束。然而，川上老师又仿佛自言自语般继续嘟囔："果然不纯正啊……""原来是美国啊……""不纯正"这句话让我觉得很反感。

川上老师说："我现在有点发怵。"我就问他："为什么？"川上老师回答说："因为我作为班主任，这是第一次面对掺杂外国血统的学生，也是第一次接触像裕二同学这样的学生。今后应该怎么对待他才好呢？好难啊！"我微笑着说："裕二在日本出生，在日本长大，也没在美国生活过，是个地道的日本人。他会说日语，没什么特别之处啊。"

（什么叫"有点发怵"？）

川上希望对方适可而止。因为他并不是"作为班主任第一次面对掺杂外国血统的学生"。他在做代课教师时就曾经接触过日菲混血的孩子，在之前任职的学校教过日德混血的孩子。

由于这些经历，川上平时就觉得，在国际化时代下，与不同文化背景的孩子一起学习反倒更好。这样的自己现在却被当成"戴有色眼镜的教师"，遭到了谴责。

川上老师说："事实上，美国对日本的所做的一切令人难以置信，我们绝不能忘记，不能抹消那段历史。"他以这句话作为开场白，开始谈论太平洋战争。——美军明知道日本有很多木结构房屋，却半夜空袭人群密集的街区，杀害了10万普通市民。美国是一个满不在乎地大肆屠杀的国家，尽管日本作出了让步，他们还是将原子弹投到了广岛和长崎。美国的这种做法，至今仍在持续。——他热情洋溢地说着，我根本插不上嘴。

川上老师继续拼命地批判美国。我果断地说："您这不是歧视吗？"结果川上老师回答说："我从小在熊本的乡下长大，我的老师们都是过去亲身经历过战争的人。虽然表面上要求大家不能歧视，但是现在大多数人嘴上不说，内心深处还存在歧视情绪。"我反问道："老师们的立场难道不是教大家不能歧视吗？"结果川上老师回答道："我是教师，可是毕竟我也是人。"

接下来就是前文提到过的那句话："日本是个岛国，过去的人全都是纯正的日本血统。"

"我从小在熊本的乡下长大，我的老师们都是过去亲身经历过战争的人。"这句话也让川上感到生气。因为说起来，熊本在战争中遭受的损害相对较少，包括自己的父母在内，身边根本没有人讲述战争经历。

总之这是浅川和子主张的家访"真相"。和子和川上讲的应该是同一件事，但是两人的证词却天差地别。很明显有一方在撒谎。

关于家访次日开始的"体罚"，和子起初想立刻去学校抗议，但是反过来一想，裕二讲的内容太脱离常识，所以估计很难让人相信，她便决定再去问问其他孩子，确认事实后再发起行动。

于是，她来到住在同一栋公寓里的小田克也家，克也是裕二的发小。

　　正好小田同学出来了，我就试探着问了一句：
"诶，听说裕二经常挨批？也会挨打吗？"结果小田同
学说："嗯，挨打……确切说是受刑。"我就问他："受
什么刑？"小田同学就说："面包超人、米老鼠和匹诺
曹，还有铁爪和滴溜溜。"他说着还——用动作演示给
我看。

和子说她还向克也的母亲打听过。

　　小田太太一脸严肃地说："（克也）一副不太想说清
楚的样子，不过还是讲了面包超人啦、匹诺曹啦……
有几种刑罚，好像只针对裕二一个人。如果10秒钟之
内完不成什么任务就会受刑……他好像还说老师当着
大家的面说过什么'因为你是美国人'啦、'红头发的
人'啦之类的话。"

据说因为这些证词，和子"确信"川上的体罚确有其
事，便去学校抗议了。之后的故事发展如前所述。
接下来描述的场面是，负责监督的教师介入后，川上
仍然施暴，裕二对母亲讲述此事。

　　我抱紧裕二，对他说："你为什么没跟我说？对
不起，你心里难受，身上又痛，妈妈却根本没注意

到……（中间略去）明天一早我就去学校跟校长说。"结果他说："求你，不要说……你说了我会我又会受更多苦……我可以忍……现在比以前好多了，不会出血了。所以你别说……"不过我对他说："这件事不需要你忍。（中间略去）你也没理由受苦，妈妈明天一定会去一趟学校。"裕二被我搂在怀里，无声地哭了一会儿。

这种宣扬可怜兮兮的受害者身份的母子对话让川上感到厌烦。因为这跟裕二在学校的表现差距太大，至少在川上道歉之后，他越发不受管束。和子在陈述书中写道"希望1年以内作出判决"，动辄要求快速审理。在递交陈述书之前，原告方提交了3盒录音带，据说收录了裕二讲述受川上体罚和欺凌的对话内容。

但是，里面传出来的裕二的声音跟平时在学校不同，过于温顺柔弱。川上觉得很奇怪，甚至想"这是谁的声音"。

在第二盒磁带录音的对话中，裕二声称在算术课"T·T"（Team Teaching）时遭到了人种歧视。

> 母：算术课上，就是那个TT时，不是分组了吗？
> 子：嗯。
> 母：当时，你是哪个组？
> 子：呃，那个，是慢组。
> 母：当时是怎么分的？

子：呃，就是说，脑子好用的人啦，脑子笨的人啦，就那么分的。呃，我吗？我呀，就是说，嗯，因为是美国人呀，所以说，呃，就是慢组。说我脑子笨。

母：他说你因为是美国人，所以脑子笨？

子：嗯。

母：脑子，脑子好用的美国人，也多的是呀。

子：嗯。

母：你没觉得奇怪吗？

子：觉得。

母：你上3年级的时候，不是一直最最擅长算术吗？

子：嗯。

母：计算题不也是第一名吗？

子：嗯。

母：可是，因为是美国人，就分到脑子笨的那一组，好奇怪呀。

子：嗯。

母：因为是美国人，所以估计脑子笨。这么想很奇怪，老师这么教是不对的。毕竟，说起美国人呀，这么说有点不好意思，妈妈也跳级了呢。

子：嗯。

母：我跟你说过吧，跳级的事儿。

子：嗯。

母：从1年级跳到3年级。

子：嗯。

母：也有这么聪明的人啊。

子：嗯。

母：可是，这跟哪国人没关系。

子：嗯，这不是歧视吗？

母：是呀，这就叫歧视。（节选）

他们竟然污蔑川上曾对裕二说："因为你是美国人，所以脑子笨。因此，你去计算慢的那组。"简直太荒唐了，川上都不想生气了。

之所以让裕二加入好好学习计算基础的小组，是因为他还不太理解计算的概念，会把含退位减法的计算弄错。

不过，更令川上感到无语的是，对话中说："毕竟，说起美国人呀，这么说有点不好意思，妈妈也跳级了呢。""也有这么聪明的人啊。"

（似乎和子完全把自己当成了美国人。）

川上露出了苦笑。她夸耀自己是一个优秀的美国人，甚至在美国当地的小学里"跳级"了。

然而，她究竟是否真的上过美国的小学，还跳过级呢？这个问题以后会被呈上法庭。

关于前文提到的"逼迫自杀言论"，裕二本人也零零碎碎地讲述了一些。补充说明一下，据说这是2003年8月18日的录音。

母：昨天你说过吧？你告诉我，谁对你说了什么？

子：嗯？

母：不想说吗？

子：呃，有一次，他用铁爪招数时说"你没有活着的价值，去死吧"。

母：他对你说的吗？

子：嗯，他是那么说的。

母：嗯。

子：然后呢，又说什么"你自己去死吧"之类的。

母：之类的？

子：嗯。

母：让你自己去死，说你没有活着的价值，是你做错事的时候？

子：不是。

母：你不明白？

子：嗯。

母：呃，让你自己去死，哎呀……（什么样的）时候呀。

子：嗯。

母：妈妈没看到，毕竟没见到。

子：嗯。

母：什么样的时候呀，说让你自己去死。

子：呃。

母：那个，说过几次，也不知道说过几次，你也不记得说过几次？你记得吗？

子：……

母：不记得吗？

子：嗯。

母：都记不住了。不过，至少说过一次吧？

子：呃，我不知道。（节选）

虽然这份证词极为含糊，可是川上突然听到从裕二嘴里说出来令人震惊的"逼迫自杀言论"，他所受的打击几乎无法估量。

（难以置信，怎么可以满不在乎地撒这种谎话？）

正因为这是自己用爱心教导的学生说的证词，在生气之前，他首先感到的是悲哀和心痛。

第5章 病例：PTSD的真相

　　2004年2月22日，川上长达6个月的停职期结束了。通常，受到如此严重处分的话，大多数教师都会选择直接辞职，但是川上如果辞职的话等于认罪，那才是遂了原告方的心愿。所以就算是咬紧牙关，他也只能继续忍耐。

　　当天，川上和校长一起被叫到市教委。

　　主管人员问川上："这6个月，你完成研修了吗？"

　　"我不明白研修的目的是什么。"

　　川上的回答带有一些抵触情绪。

　　结果主管人员看着校长说："（因为这件事）最担心的是……"

　　川上不想听他接下来的话，赶紧用自己的话打断了他。

　　"最担心的是我妻子。她情绪非常低落，晚上也睡不着。我的将来会如何，我妻子是最担心的。"

　　校长无奈苦笑。

　　面谈结束后，校长开车将川上送到了教育中心。两人在车上一言不发。

川上充分认识到，自己优柔寡断的性格是导致这次事态的原因之一。但是，校长对家长言听计从，根本不打算保护部下，也让川上深感愤慨。

自己明明极力声辩没有做过，校长却轻易向教育委员会和媒体断言说："是的，有过体罚。"

（觉得应该尊重校长，一直以来天真地遵从校长的吩咐，自己真是太蠢了。）

事到如今，川上为自己的识人不明感到羞愧。

虽说停职期结束了，川上回归讲台的日子依然遥遥无期。他重新开始去教育中心研修，他的"工作"就是按照讲师布置的主题写报告，或者去福利机构实习。

同时，自去年10月14日开始在久留米大学医院住院的裕二，时隔半年，于4月16日出院了。由于很难回到A小学，在市教委的协助之下，他转入了国际学校。

据说和子当初想让裕二转到其他公立小学，曾带着他去过几所小学。然而公立小学的外观都很像，可能是让裕二想到了A小学吧，据说他必定会在校门口变得脸色苍白，身体颤抖，出现呕吐或失禁等严重症状，所以只好放弃转学的念头。

另外，由于川上在家访时曾去过浅川家住的公寓，说过"血液肮脏"之类的话，公寓便成了会导致PTSD症状恶化的场所，所以在转学的同时，浅川家搬到了国际学校旁边的高级租赁公寓。

（啊？裕二真的转到国际学校了吗？）

川上得知以后感到吃惊。

家访时，和子确实说过想让裕二读国际学校，所以这一点倒是可以理解，问题是位置。川上每天要去的福冈市教育中心与国际学校很近，几乎是相邻。而且，浅川一家搬入的公寓也近在咫尺。在周边散步时，很有可能会不期而遇。

（那对夫妇应该知道我在教育中心，可是为什么偏偏愿意来到我这个"杀人教师"的身边？）

和往常一样，川上完全看不透浅川夫妇的所作所为。

裕二转入国际学校后过了4个月，他刚开始熟悉这所学校，就放暑假了。也许是因为不能上学带来的不安，据说裕二再次出现剧烈的症状。和子在陈述书中详细记载了当时的情况。

　　他从睡梦中惊醒坐起，浑身是汗，哭着说"那个人果然来了！不要啊！米奇会让耳朵被揪掉！救命啊！"他想要躲到我的身后。他哭着说："又出血了……没有纸巾……一直流……你为什么数那么快？为什么笑？"裕二的身体不停地颤抖，不久又开始呕吐。有时候他大叫："他来了！我不想选……全都不要！啊……不要啊！"失禁的同时，甚至会伴随水状痢疾。"裕二，醒醒！你是在做梦……你能看到妈妈吗？你能认出来妈妈吗？裕二……"我一次次呼唤，他却仿佛听不到，我想要与他对视，他却仿佛看不到。

　　自从症状恶化以后，我和裕二每晚都在苦苦挣扎，全身沾满呕吐物。因为招架不住呕吐物，我买来蓝色防水布把我和裕二的卧室铺得严严实实的。

这一个月左右，我几乎没有躺下睡过觉。裕二变得像小婴儿一样，不肯离开我。我上厕所的时候，他也不愿意离开我，我坐在马桶上，他就坐在我腿上。睡觉的时候也不肯躺下，他说"害怕睡觉"，坐在我腿上，让我抱着，身体紧紧贴着我，迷迷糊糊地瞌睡。即使如此，裕二还总是做噩梦，我们迎来一个个艰苦难熬的夜晚。到了早上，我们两人一起冲洗沾满呕吐物的身体。这已经成为目前我俩每天的固定活动。

然后，和子在结尾部分写道：我们希望这次审判能为我们"查明真相"，带来"正义"。

2004年9月13日，校长出现在第5次庭审的现场。之前的法庭审理以书面文件为主，这次终于轮到证人出庭，由原告和被告双方的代理人进行讯问。

下午1点多，校长出现在301号法庭的走廊里，由于过度紧张，他面部表情僵硬。

像往常一样，浅川夫妇挺直腰杆坐在靠近原告方的旁听席最前排。自从第1次庭审以来，他们从未缺席，总是夫妻双双前来旁听，这个座位俨然已经成为他们二人的专座。

而被告席上没有川上的身影。南谷律师担心媒体的采访攻势，建议他暂时不要出庭，因此第2次庭审之后，他再也没有现身。

但是，这种关怀有些杞人忧天。因为，以第1次庭审为峰值，随着审判的进展，旁听的记者逐次减少，宛如潮水退去一般。这幅光景象征着媒体报道的短暂性特点。

然而，当天毕竟有校长出庭，虽然几乎没有普通旁听人员的身影，但是由于记者比较多，法庭久违地恢复了一点活力。

上村律师开始就川上的体罚提问。

——（家长）是否说过由于体罚造成裕二同学的耳朵破裂？

"是。"

——那您有没有问过，是什么时候、由于怎样的行为造成的破裂？

"我接到举报，说是川上老师在训导过程中揪起裕二同学的耳朵，反正是让他身体离开地面的状况之下，耳朵就破裂了。"

——您没有问那是什么时候发生的事吗？

"我听说是在家访后的训导过程中。"

——我应该怎么理解您说的家访后的训导过程中呢？是指上课过程中吗？

"听孩子说是放学班会或者打扫卫生的时候，我也问过老师几次，每次回答的场面都不同，所以我估计是放学班会或者打扫卫生的时候，还有游戏时间、休息时间之类的状况。"

这只是校长自己的推测，这样的回答让上村逐渐变得焦躁。

　　——不要估计，我问的是家长怎么解释的，我问的只是你听到的解释啊。我问的是浅川太太怎么跟你解释的。

　　"我听说由于老师的体罚，孩子的耳朵曾经破裂过，现在我不记得具体是什么状况和场面。"

校长紧张得大汗淋漓。福冈市的代理人山本郁夫律师实在看不下去了，甚至提醒他脱掉外套。上村继续提问。

　　——要想问川上是否做过那样的事，我认为有必要确认一下具体的时间和状况。您没有向浅川太太询问这些问题吗？

　　"我们理解了所听到的举报，关于具体的场面和状况，没有主动详细询问。"

校长没有确认任何体罚的细节。
上村又问了所谓体罚造成的受伤情况。

　　——听说浅川裕二同学多次出血，您有没有确认过是否属实？他是否去过医务室？

　　"听说此事之后，曾经确认过。"

　　——结果怎样？

　　"听保育老师说，他没有因为流鼻血之类的情况去过医务室。"

——总而言之，没去过是吧？

"是的。"

南谷也问了问题。

——听说他耳朵破裂了是吗？

"是的。"

——耳朵的哪个位置破裂了？

"说是耳朵下方。"

——是耳垂位置吗？是最下面的部分吗？

"听说破裂了，我们以为是最下面，结果是中间部位。"

——通往耳孔的耳垂位置，内侧有破裂的伤痕。

"我和教导主任亲眼确认的伤痕。"

——有破裂的伤痕。

"他给我们看了，说是破裂之后留下的伤痕。"

接到和子的举报之后，校长找来川上谈话。对于当时的状况，他作出了下文中的证词。接下来负责提问的人又换为上村。

——在第一次谈话时，您已经确信川上实施过体罚了吗？

"是的。"

——能否请您在此简要说明一下，您为什么会如此确信呢？

"第1、2节课，一开始是我负责问，教导主任在一旁记录的形式，我问他有没有实施过家长举报的那些处罚，比如让学生选择米老鼠之类的处罚，他回答说实施过。"

——他说他没有说过"实施过"，您是不是记错了？

"我记得向他确认过，他说是的，实施过，而且教导主任也在旁边做了同样内容的记录。"

——他是不是这样说的？"米老鼠好像有过一两次。"

"不是。"

——您在谈话过程中有没有说过"真搞不明白怎么会笑着实施体罚"之类的话？

"我觉得说过。"

——既然说是笑着，那有可能是在做游戏。你从来没有考虑过这种可能性吗？

"我从来不会笑着批评，何况是训导孩子的时候，不会笑着批评孩子。"

——您是不是在谈话时亲口说过"体罚1次和50次没什么两样"之类的话？

"说过。"

——您对川上说这话是什么意思？

"我的意思是，家长举报的次数和川上自己回答的一两次有出入，我就确认了一下他是否实施过，问题不在于次数，既然实施过，那么作为学校和教师来说，责任重大。"

接下来话题转移到针对学生实施的调查问卷上。

——靠调查问卷什么也查不出来，反过来说，你就当我没有找孩子们问话吧。你有没有对川上这样解释过？
"我没说过什么也查不出来。"

其实川上无论如何也无法接受停职6个月的处分，在停职期间曾多次与校长见面，追问他处分的原因。

市教委教职员第1科的科长吉田惠子负责调查和处分，她说："那些你记不起来的部分，我们根据校长的问话作出了判断。因此教育委员会做了认定。"所以川上觉得果然校长实施的调查问卷成了关键因素。

结果校长回答说：

"我没有问（孩子们）细节问题，没有问任何针对个人的问题。问话过程中没有发现欺凌问题。反过来说，你就当我没有找孩子们问话吧。"

校长亲口否定了调查问卷的价值，川上悄悄录下了这段话。

然而，校长在法庭上说，这段话的意思是"单凭调查问卷无法查明欺凌问题"。他说因为市教委决定处分时的依据不只是调查问卷，还包括3名学生在校长办公室的证词。

针对校长的讯问持续了4个多小时。

根据校长的陈述内容，川上似乎明确承认过体罚，虽然他事先已经预料到，但是得知校长的证词后还是感到愤怒。

（我确实只是说过"好像有过一两次"，这句话竟然影响到现在。）

以大谷律师为首的550人组成的原告方辩护团对胜诉深信不疑。他们之所以拥有强大的信心，有两个依据：首先，川上曾经认错道歉，市教委已经认定了川上的体罚和欺凌；其次，自然是前田正治医师的诊断，他说裕二患上了严重的PTSD。

因此，前田将会作为原告方证人出庭。在这之前，跟裕二有关的医学记录大多已经公示，包括久留米大学医院精神神经科填写的病例，还有裕二之前就诊的福冈市立儿童医院填写的病例等。

南谷与上村仔细阅读了这份厚实的资料，不禁大吃一惊。

明明说裕二是重度PTSD，万念俱灰，也就是说确认了他有自杀的想法，可是住院3天后他就开始在家过夜，总共住院186天，其中竟然有106天在家过夜。

（究竟为什么要住院？这样看来，也很难说他是门诊治疗还是住院治疗。）

而且，从头到尾反复阅读病例，在裕二实际住院的80

天里，他在病房里几乎没有出现过相关的身体症状，更不用说PTSD的症状了。

久留米大学医院的病例是裕二住院时的主治医师U和其他护理人员记录的，下面介绍其中部分内容。与前田的解释偏差太大，令人咋舌。

例如，10月16日，住院第3天。

6点顺利起床。"睡好了"，没有失禁。没有喊腹痛。参加软式排球。与其他患者喧闹，看似很开心。也参与集体行动……

表情：mild（温和）；mood（情绪）：略微高涨，基本良好；sleep（睡眠）、appetite（食欲）、stool（如厕）：good（良好）

接下来是10月17日。

drug free（未使用药物）

PTSD

（重新体验症状）

现在并未发现，但今后在电视上听到加害者的声音，有可能产生呕吐等症状（据说以前曾经有过），采取OT（Occupational Therapy，职能治疗）、外出等对策。

（警觉性增高症状）

可以顺利入睡。住院当天东张西望，无法保持平静。看漫画时无法集中注意力，看上去只是在随便翻页。

（躯体症状）

腹痛：从住院至今暂时没有诉说，也没有疼痛的表现。遗尿：住院后暂无。

（分离性健忘）

忘记了汉字和朋友的名字。提到这个话题时，患者表情变得阴郁。不过，暂时没有大碍，今后需要注意。

（概观）

据患者母亲说，他情绪异常高涨，和平时（患PTSD之前）相比，简直像变了一个人。这就是分离障碍的表现吗？

然后，10月20日，第一次在家过夜后回到医院时的病历上写着：回病房后表情愉悦，无PTSD症状。

接下来第二天有如下记载：

sleep（睡眠）：OK；appetite（食欲）、stool（如厕）：OK；无腹痛、腹泻；无遗尿。

患者在病房表现非常活泼开朗，很难判断这是躁狂性防御，还是由于在封闭病房中得到保护而感到安心。据说，10月17日～20日在家过夜期间，曾对其母亲发火，显露了攻击性。

我们（对原告和子）说，病房里情绪高涨的原因也有多种可能性。至于是否继续住院，我们认为最好跟团队负责人前田正治老师商量，传达了这层意思。

　　裕二在病房中几乎没有出现PTSD症状，主治医师U似乎对他的状态感到困惑，将是否让他继续住院的决定权移交给团队负责人前田。

　　10月30日，前田就裕二的PTSD症状召开记者见面会，接下来是当天的病例。

　　今天召开记者见面会，他看上去有些不安，却没有说什么，可能是这个原因，他很难入睡。看来他是在用自己的方式应对。

　　表情明朗，活动性良好。

　　OT（职能治疗）去野外散心的途中，他看到汽车显得有些紧张，但是未出现腹痛等躯体症状。

　　跟他提及今天记者见面会将在电视上播出，告诉他不会曝光名字，原班主任也不会露面，他说可以和大家在D Room（休闲室）一边吃饭一边看电视。

　　他在南侧DR（休闲室）躺着看关于记者见面会的新闻。结束的时候他回头看了一下，与Ns（护士）对视了一眼，紧接着开始看书。

　　pt（患者：原告裕二）本人兴致高昂，与其他pt（患者）一起玩，还会开玩笑，问他身体状况如何，他回答说"嗯，还行"。

　　23点，让他去睡觉，他说"还不想睡"，在DR

（休闲室）与某人玩耍。

23点25分，回到自己病床上，然后又去了DR，说"不想睡"。

让他吃药，他说"嗯，我吃"。乐导蒙（安眠药）

这条播放记者见面会情形的新闻，出人意料地播出了川上的背影。但是，裕二几乎没有什么明显的反应，只是稍微坐立不安，难以入睡，并未出现PTSD的症状。

然而，后来在11月4日的病例中，出现了这样的记录。

10月30日他在电视上看记者见面会，出现了原班主任的身影，当天他偷偷在病房厕所里呕吐，无法照顾自己，到了在家过夜那天（10月31日），他还身穿睡衣，在母亲的催促之下，才开始换衣服。在家期间他什么都做不了，勉强去踢了一次足球。据说他每天晚上都会遗尿，时不时也会呕吐，出汗很多，甚至要开空调。情绪非常不稳定，一会儿发火，一会儿哭泣。

针对PTSD，今天开始口服drug：马来酸氟伏沙明片（抗抑郁药物）（25mg）一天两次，一次一片。

他的情况和往常大不相同，十分严重。不过，这不是U医师直接观察的结果，说到底只是记录了他的母亲和子的陈述。U医师根据和子的这番话，判断裕二出现了PTSD症状，决定让他服用抗抑郁药物。

话说裕二从11月中旬开始，又出现了一个令人头疼的问题。他谩骂其他患者和医院工作人员，他的行为引发各种问题，令人无法容忍。医院方面不断接到其他患者的投诉，处理起来很伤脑筋。

下面列举一些具体事例。

- 把其他患者的摆件或词典藏起来，却不肯承认。追究起来，他就说"知道了，还给你！"问他为什么这样做，他就嬉皮笑脸地说"一看不就知道了"。
- 护士或其他工作人员提醒他注意自己的行为，他就骂对方"你太恶心了""傻瓜，四眼老太婆""臭老太婆""真脏脏""别碰我""你有完没完？""啰嗦、啰嗦、啰嗦死了！"
- 给他拿药和水过去，他就喊"纸杯！"；给他药和装了水的纸杯，他又喊"我不喝！"；然后他又跟在护士后面，瞪着眼说："我不是说了要喝吗？你耳朵不好吗？搞不懂你！"把水倒进纸杯递给他，他又喊："别随便乱放！"说完把药扔在地上。
- 用打火机烧纸玩。
- 用厕所里的自动洗净马桶把自己全身喷湿。
- 用订书机夹自己的手，试图用注射器扎手。
- 熄灯后大声唱歌。
- 随便使用麦克风广播。
- 日常生活中的所有事情（洗脸、洗澡、刷牙、吃饭、更衣等），必须在别人的催促之下才能完成。
- 拒绝量体温、口服药物、收拾餐具。

关于裕二的这些问题行为，他的母亲和子坚持说："他在生病前和生病后，人格完全不同。"确实，一部分问题行为也有可能是因为服用抗抑郁药物出现的躁狂反应，不过川上仔细看过病例，他并不这么认为。

（和裕二在学校的表现如出一辙。）

最后，裕二出院时，医院方面只好这样记录他的病情：

抑郁心境　　　　　2

缺乏主动性　　　　2

焦躁、激越　　　　1

思维迟缓　　　　　1

自责自罪　　　　　2

自杀念头　　　　　1

睡眠障碍　　　　　2

食欲不振、体重减轻　2（1、无，2、疑似，3、轻度，4、中等，5、重度）

公示的病例中，其实还附加了一条极为重要的信息。那就是与裕二的血统和家族史有关的内容，是久留米大学医院的社会工作者从和子那里打听到的。

据说，和子的祖父是混血，她的父亲有四分之一美国血统，母亲虽然是日本人，却只会说英语，住在佛罗里达。

接下来是家族史：

和子女士在读大学的时候，认识了从日本前来留学的卓二先生，两人在1988年结婚时还没毕业。在日本生下长子后，再次回到美国，把孩子放在托儿所，专心学习。后来回到日本，生下次子裕二……

参考：

丈夫（35岁）：只身一人在外地工作。有留学经历。

妻子（37岁）：从小住在美国，直到长子出生。

南谷和上村事先就听川上说过怀疑和子的"美国血统"，他们自然对这部分内容持怀疑的眼光。

与前田的诊断相反，住院记录上看不到一星半点裕二的PTSD症状，再加上这份家族史。审判刚开始时，原告方具有压倒性优势，随着一系列病例的公开，形势发生了巨大变化。通常说来，病例本该是原告方的有力证据，此时反倒成了被告方逆转劣势的突破口。

虽然同为被告，福冈市却说"市里承担一定的赔偿责任是理所当然的"，对原告方表示理解，但是这份病例的内容对他们来说有些出乎意料。从此以后，福冈市围绕PTSD这一争论的焦点与原告方正面对峙，对这份家族史，也展开了彻底的调查。

而川上仿佛遭遇了"猎杀女巫"，旦夕之间被A小学、市教委、媒体以及精神科医生塑造成了"杀人教师"，他在陈述书中首次吐露了心中的恐怖与冤屈。

大家认为裕二同学两耳中央部位的伤痕、鼻子出血、大腿部的跌打损伤、他的问题行为等所有责任全在于我，毫不怀疑地说："裕二同学好可怜，在杀人教师川上五六月份的严酷虐待下，生活和行为都发生了天翻地覆的变化。杀死川上吧！"在这种集体论调下，整件事不断发酵，让我感到非常恐怖。

参与本次诉讼的专家辩护团也好，参与裕二同学精神科诊疗的医师也好，还有媒体和福冈市，面对裕二同学自身的问题以及他父母自身的问题时，仿佛那就是禁区一般，不进行任何查证。

没有人站出来说这件事有可疑之处，（中间略去）整个环境不容许有人站出来，这才是最可怕的。

学校的有关人员也只是表面应付，一到该说真话的时候就保持沉默，结果我就处于孤立无援的状态，仿佛我根本不需要人权似的。

起诉书和媒体说我是杀人教师，把我骂得体无完肤，仿佛我就是毫无人性的人。不仅如此，我还收到了恐吓信，上面写着"我要杀掉你"之类意思的话。即便现在，我还在担心自己和家人的安全，承受着看不见的世人眼光的压迫。

现在我勉强让自己没有倒下。（中间略去）这是冤罪。

希望您的目光不要避开事实。

原告方代理人大谷担心和子讲述的疑点重重的家族史会造成诉讼焦点的偏移，只好通过书面承认：关于家族史的记载，大部分不符合事实。

　　原告裕二及原告和子的家族史正如原告和子的母亲（原告裕二的外祖母）的陈述书中记载的那样。

　　概括地说，拥有四分之一美国血统的不是原告和子的父亲，而是她的母亲。和子的外祖父是混血，外祖母是日本人。

　　外祖母（原告和子的母亲）虽然拥有四分之一美国血统，却并不住在佛罗里达，只会说日语。

　　原告裕二住院时，原告和子不是37岁，而是39岁。

　　原告和子小时候多次随母亲前往美国，在那里呆过相当长一段时间，不过后来一直在日本生活。

　　原告卓二并未去美国留学。

　　原告和子与原告卓二在日本相识，于1992年11月提交了结婚申请。两位当时都不是学生。

　　原告和子在生下长子后也一直在日本生活。

接下来，又用如下内容牵制被告方：

　　为了避免误会，事先声明一下，本次诉讼的焦点不在于原告裕二的亲属中是否有外国人，而在于被告川上是否曾对原告裕二说过"混血""血液肮脏"，是否曾对原告实施过暴力，是否曾对原告说过"你没有活着的价值""去死吧"，此时原告裕二是否曾考虑过

"混血"的事。

因此，客观说来，原告裕二的亲属中是否有外国人与本次诉讼没有丝毫关联。

原告方提交这份文件的当天，福冈市也提交了书面辩论。在这份厚实的文件中，列举了诸多矛盾之处，并指出：根据久留米大学医院的住院诊疗记录，原告关于"原告裕二呈现重度PTSD症状"的主张存在众多疑点。

首先，关于前文提到的家族史，他们调查了一下和子祖父的父母的户籍，发现并不存在疑似美国人的人物；关于和子的经历，其实她生于福冈市，毕业于福冈市内的小学、初中和高中；至于和子的母亲，并没有居住在美国，而是住在日本。

而且，他们引用了10月18日传唤证人时前田医师的陈述。前田说，在精神神经科诊疗时，之所以询问家族史，是为了把握患者的现状，对于确定今后的治疗方针也很重要。另外，他还作证说，对于裕二来说，混血问题成为最令他痛苦的外伤。

根据前田医师的这番陈述，久留米大学医院的医师们在诊断原告裕二的症状和推进治疗的过程中，原告裕二及原告和子的家族史是极为重要的信息。原告和子身为原告裕二的母亲，她强烈希望改善自己的孩子——原告裕二的症状，也目睹了原告裕二的诊疗过程和CAPS（笔者注：参照第161页）面试，应该很容易理解这一点。

因此，如果原告裕二的症状真的像原告说的那么严重，"混血问题"又是"诊断原告裕二症状时极为重要的信息"，原告和子不可能对久留米大学医院的医师们说不符合事实的话。

以上内容是福冈市的主张。

不仅家族史，该市对和子的所有言行，投去了强烈怀疑的目光。首先，第一个疑点，裕二的症状只是通过和子的描述呈现出来，没有任何医师或医院工作人员等第三方确认过。例如，下面这个小插曲就是最好的例证。

前田医师的记者见面会在电视上播出之后，和子在陈述书中这样记载了裕二的状态：

> 有几家电视台播出了川上老师的背影，不幸被裕二看到了。当天是裕二计划在家过夜的日子，我就去医院接他。（中间略去）当天晚上，出现了往常的症状，不过这一天无论是呕吐，还是腹泻，抑或是惊慌症状，都比往常严重。无论对他说什么，他都不回应，又哭又叫，这种状态一直持续到早上。裕二一直不停地哭叫，他问"为什么那个人要上电视？他为什么要撒谎？"我想抱紧他，可是他一个劲儿地挣扎，弄得我束手无策，只好叫醒他哥哥，让他帮我摁住裕二，把医生开的所有药给他喂进去。光是喂药好像就花了一两个小时。而且，刚把药放进他嘴里，接着就被他吐

出来，反反复复好多次。三个人全身沾满了裕二的呕吐物，过了一会儿，药物发挥作用了，他才稍微平静下来了。

然而，10月30日召开记者见面会的那天晚上，裕二其实呆在病房里，并没有回家过夜。和子所说的"记者见面会那天晚上发生的事"根本不存在。

假设和子把实际在家过夜的31日错当成了30日，即便如此，据病例记载，裕二当天晚上"睡眠良好"，第二天也躺在自己床上看漫画，或者去DR（休闲室）与其他患者玩黑白棋，这样度过了一天。

福冈市指出，白天什么问题都没有，晚上不可能出现和子陈述的那种剧烈症状。

实际上，原告裕二于10月31日下午4点半离开医院，一直在家呆着，直到11月4日下午5点35分才回到医院。假如当时真像原告和子说的那样，原告裕二出现呕吐症状，弄得家人浑身污秽，需要花费一两个小时把所有药物喂进去的话，原告和子就应该缩短在家过夜的时间，于离开医院第二天，即11月1日将原告裕二带回医院。

但是，11月1日原告和子甚至没有给医院打电话，当医院打来电话时，她表示要按照原计划在家过夜。

和子的陈述明显与事实相矛盾，不止这一点，还有其他的可疑之处。关于这些倾向，福冈市认为："这充分表明她在歪曲事实，陈述对自己有利的内容。"

福冈市还提及了和子对裕二带来的心理性影响。

裕二住院时，和子说他"肚子痛得厉害，腹泻多达17次，非常难受。今天也腹泻了3次"。因此U医师便询问他本人，结果他一开始否认腹痛，他母亲又叮问"真的吗"，他这才喊肚子疼。

然而，后来在住院期间，裕二从来没有说过肚子疼。

而且，据病例记载，10月20日，裕二在和子的陪伴下从家里回到医院时，工作人员问他在家过夜感觉如何，他含混地回答说"呃，不知道"；当和子不在他身边时又问他"在家开心吗"，他回答说"嗯，开心"；问他"吃好吃的了吗"，他回答说"嗯，吃了"，表情十分明朗。

通过病例中的这些记录，福冈市推测：裕二存在一种倾向，那就是不想违背母亲的意愿，想要按照母亲的意愿来回答。

福冈市进一步推测："原告裕二的这种态度让人觉得，关于被告川上的体罚等内容，在原告和子的叮嘱之下，即使与事实有出入，他也没有否认。"

病例中还有不少记录让人怀疑原告方说辞的可信度。

例如，原告指控说，由于川上的体罚，造成裕二流了大量鼻血。病例中有一段记录，写着时而"左鼻孔有少量出血，立刻止血""似乎时不时地鼻子出血"，裕二本人也说"偶尔会流鼻血，不要紧"。

由此，福冈市断言："我们认为，原告方把原告裕二偶尔会流鼻血这件事当成了本次诉讼的受害事实。"

其实裕二的耳朵和鼻子患有慢性疾病。这一点是通过被告方要求公开的耳鼻咽喉科病例发现的。

按照原告方的主张，体罚始于2003年5月13日。从5月下旬到6月中旬期间，裕二总共在经常去的耳鼻咽喉科就诊7次。病历上罗列着一堆病名，"过敏性鼻炎""双侧外耳道湿疹""左耳急性中耳炎""副鼻窦炎"，都不是体罚造成的伤害。

也就是说，由于过敏性鼻炎造成鼻子发痒，裕二平时经常抓挠，才会流鼻血。

更加值得注意的是，双侧外耳道湿疹这个病名。在传唤证人时，关于体罚造成的耳朵损伤，校长曾说过"已确认耳垂中央部位有（受伤的）痕迹"之类的话，从这个伤痕的位置来看，应该是由于外耳道湿疹，裕二自己抓挠外耳造成的，这种看法比较合理吧。

关于体罚造成的牙齿折断，病例中也有令人感到可疑的记载。

本来裕二的年龄正处于换乳牙的阶段，实际上在医院里，裕二的虎牙脱落了。病历上写着，裕二说"我喜欢收藏牙齿"，然后小心翼翼地把那颗牙收起来了。从这个事实来看，原告方有可能把自然脱落的牙齿说成"折断了"。

这样一来，"原告裕二的PTSD只存在于原告和子的描述中"，人们心中逐渐加深了这样的疑虑。

第6章　判决：闹剧收场

随着审判的进展，遭遇了一场出乎意料的恶战，原告方开始感到焦急。

PTSD作为起诉的重要依据，却连发病的事实都不清楚，反倒是前田医师的草率诊断与和子缺乏可信度的描述日益凸显出来。而且，和子讲述的家族史几乎全是虚构的。

关于这份家族史，如果和子不亲自作出解释的话，事情就无法收场，估计大谷律师是这么判断的吧。和子提交了一份简短的陈述书，上面写的日期是2005年3月1日。

她的解释大致如下：

与卓二的结婚日期之所以与事实不符，是因为长子其实是与离婚的前夫生下的孩子，长子至今仍然不知道这个事实，所以想尽量隐瞒第一次结婚的事。之所以说祖父是混血，是因为母亲以前这么说过，自己也一直深信不疑。

自己确实毕业于福冈市内的小学、初中和高中，不过小学低年级时多次随祖母前往美国（佐治亚州亚特兰大），因此在美国的生活留下了很深的印象。

至于自己的母亲，曾经开过店，但是债务累累，自己曾替她还债，惹来很多麻烦，因此有一段时间断绝了关系。被周围的人问起母亲的事觉得很麻烦，心想如果说她在国外，就不会有人瞎打听了，因此说她住在佛罗里达。

在这份陈述书的最后，和子这样总结道：

> 关于我的前夫，特别是他作为我长子父亲的身份，以及和我断绝关系的母亲，我特意回答了与事实不符的内容。
>
> 当被问到相关问题时，我往往会尽快结束问题，或者给出含糊的回答，既不肯定也不否定。而且，有时候即使我知道对方误解了，也不会特意订正，而是顺其自然。
>
> 因为我采取了这样的态度，久留米大学的病历后面附的文件中才会有不符合事实的记载，给大家造成了困扰，我感到非常抱歉。

和子的辩解根本不符合常理，南谷和村上不禁发出了苦笑。他们认为："就连没必要撒谎的事情，她的陈述都不符合事实，那么涉及诉讼的焦点，是否存在体罚以及PTSD，原告主张的可信度自然需要商榷。"

3月3日，诊断裕二患有重度PTSD的前田正治医师作为原告方的证人出庭了。不过，法庭开设在久留米大学医院内。2004年10月举行的第1次证人传唤也是如此，法院考虑到证人是守护患者生命的医师，决定在他上班的医院内非公开审理。

按照计划，针对证人的讯问上一次应该就结束了。不过，由于关于前田诊断的疑点过多，在被告方的强烈要求下，决定继续进行讯问。

川上自第1次庭审以来一直缺席，这一天他久违地出现在被告席上。南谷认为"由于非公开审理，媒体无法旁听，所以没问题"，就允许他出庭了。

从被告席向浅川夫妇望去，他们像往常一样，将刀锋般的视线投向了川上。但是，川上已经不太在意了。他们的谎言和自相矛盾之处接连被戳穿，而且他的意志变得坚强了。

福冈市提问的言辞从一开始就极为严厉。代理人山本郁夫律师追问道：

　　——根据这份住院记录，无论看哪里都没有写裕二同学遭到川上被告欺凌或者体罚留下的具体外伤，从头看到尾都没有相关记载。关于这一点，您怎么看？

　　"首先，关于事件本身，除了评估面试，我们通常不怎么问。因为我们一问，患者会觉得非常不舒服。一般来说是不问的。不过，像CAPS那种面试的时候，我们会问去上学时感觉如何之类的问题。但是，一般住院期间不会问他。"

所谓CAPS，是指用于诊断PTSD的一种面试形式。正式名称叫临床用PTSD诊断量表。关于创伤经历，负责诊断的医生向患者口头提问事先定好的问题，听取对方的回答，给症状的频率和强度打分。顺便说一下，裕二的CAPS结果是119分，按照前田的说法，超过50分就是重症，所以裕二属于罕见的重度PTSD。

——您说的意思我大概明白了，不过PTSD这种病症，就是受到创伤后产生精神压力留下的后遗症吧？

"是的。"

——那么，什么原因造成的这种情况，具体是什么创伤，换句话说，关于欺凌或者体罚，到底遭遇了什么？如果不问这些，自然没办法做出诊断吧？

"哎呀，您说的没错。所以我们实施了CAPS。"

当山本与前田围绕CAPS问答之际，被告福冈市的指定代理人池田笃美（福冈市总务企划局总务部法制科诉讼事务股股长）一脸严肃地插了一句。她指出，前田在实施如此重要的CAPS时应该问过创伤经历，却没有提交面试记录。

"关于这个面试记录，要说提交时漏掉了的话，可能算是一个失误吧。我们觉得，PTSD患者一般会住院很多年。"

——只缺您诊断的那部分呀。您写的只是数字呀，就是这个119。

前田不知道该如何回答。

南谷开始提问。

　　——关于PTSD的发病时间，按照现在的判断，您认为他是什么时候开始发病的？

　　"据我推测，应该是事件发生那年的6月或7月，或者那年夏天开始的。"

　　——然后，关于引发PTSD的事件，遭遇那些事件的时期，总之就是说裕二同学遭殃的那段时间，是从5月13日到什么时候，您弄清了吗？

　　"具体时间我没问，听说大概是两三周吧。"

就连诊断时不可或缺的基本情况，前田都没有掌握。

接下来是5月9日的第6次庭审。终于要针对浅川和子本人讯问了，这是人们关注的焦点。

到了这个时候，庭审的重点不再是川上是否实施过体罚，双方围绕原告浅川夫妇不可思议的言行展开了辩论。

当天，和子现身时穿着黑色连衣裙，披着一件白色蕾丝的无扣短上衣。她的丈夫卓二和往常一样穿着西装。可能预料到提问时间会很长，他替妻子提着一个藤条包，里面装着好几瓶水。

川上当天也出现在被告席上，他一边听着和子的陈述，一边也在仔细观察她的表情。

川上从南谷那里听到了令人意外的消息。浅川一家去年3月从Ａ小学附近的公寓搬到了裕二就读的国际学校附近的公寓里，据说今年4月就从那里搬出去了，随着卓二的工作调动移居到了熊本县。

而且，按照他们的说法，裕二患有重度PTSD，却没有跟随父母搬走，而是住在福冈市内的祖母家中，依旧去国际学校读书。据说这是裕二本人恳切要求的。

和子在陈述书中反复强调裕二的PTSD症状多么严重，而且她说出院时前田交代过，"如果父母中的一方不能时常陪伴在裕二身边，就不允许出院"，因此明知道家里经济情况会窘迫起来，还是辞去了福冈市临时职员的工作。

她还声称，出院后，裕二的PTSD症状出现了反复，变得像小婴儿一样，片刻也无法离开和子身边。

（你说的话不是完全自相矛盾吗？）

川上很想这样质问浅川夫妇。

法庭上，以原告代理人桥山吉统为主开始提问。

首先，关于家族史，他问和子为什么她陈述的内容与事实不符，和子回答说"因为我考虑到了长子和母亲的情况"。

至于丈夫曾经留学、自己从小时候到生下第一个孩子一直住在美国之类的记载，她说"可能没说过"。桥山再次问道，既然如此，为什么会出现那样的内容？

"我说过我母亲住在佛罗里达，她只会说英语，他们自然会觉得我一直住在美国，如果我和丈夫相识，那我丈夫就得来美国留学，因此才会有那样的记载吧。"

总而言之，她的意思是社会工作者听了她的讲述，仅凭推测便那样记录的。

接下来由被告方提问，南谷就川上陈述的家访对话逐一进行确认，和子却全盘否认。她说整个对话几乎都是川上编造的荒唐无稽的故事。

  ——你在从事口译和笔译工作，这个话题也没出现过吗？

  "是的，没出现。"

  ——"小时候住在美国，刚来日本的时候日语很难，不会说。"这一类话题也没出现吗？

  "没出现。"

  ——你也没说过曾经住在美国吗？

  "是的。"

  ——川上问"您当时住在美国哪里？"，你说"佛罗里达"。听说有过这样的问答，这一类话题也没出现吗？

  "这个也没出现。"

  ——也没提到佛罗里达这个词吗？

  "那个，不好意思，这部分我没什么印象。当时的对话中没有出现过。"

  ——完全没出现国际学校的话题吗？

  "完全没有出现。"

  ——听说"美国的孩子们练习ABCD的发音时，不说哎、币、系"，"小孩子们说啊、布、库、杜"是吧，总之发音略有不同，当时有过类似内容的一段对话吧。这样的对话也没出现过吗？

"是的，完全没有。"

川上一直在观察和子的表情，在法庭这样一个公正严明的审判之地，她面不改色、淡定从容地否认了家访时的对话，虽然川上早就见识过她强大的心理素质，此时还是感到震惊。

南谷接下来又盘问了体罚造成的伤害，关于受伤原因的解释不合情理，她只是说"因为是裕二说的"，所以便相信是川上干的。原来和子并没有向裕二询问任何详情。

然后是上村，他用略带嘲讽的口吻问了和子"跳级"的事。

——你说"这么说有点不好意思，妈妈也跳级了呢"，这句话到底说的是你的什么经历？

"我小时候在美国读的学校，往上跳了一级，说的是那时候的事。"

和子的表情看不出太大变化。

——是哪儿的学校？

"你要问哪儿，那就是美国。"

——我问的是哪个州的哪个学校，可以告诉我们名字吗？

"佐治亚州亚特兰大一个叫斯马拉纳的 elementary school。"

——那是什么？相当于小学吗？

"是的。"

——你是从几年级跳到几年级的？

"大概1年级的时候，跳到3年级。"

接下来由南谷询问和子的"美国生活"。根据和子的陈述书，她读的是福冈市内的小学，于是他问"那你从哪里开始跟美国有关联"，和子回答如下。

"虽然记不清几月几日去的，呆了几个月，但是在我的记忆当中，读小学4年级之前，在美国生活的时间要长得多。从小学4年级开始就在日本了。"

——你是说在美国呆了3年吗？

"也不是一直在美国，基本是往返于日本和美国之间。不是去一周回来呆一周，而是去几个月，或者趁日本放暑假的时候去。"

——那就是1个月左右吗？

"也有1个月的时候，也有三四个月的时候。总的说来，我觉得在美国读小学的时间更长。"

山本作为福冈市的代理人，执着地追问他们夫妇移居到熊本县却不带裕二的原因，一副无法释然的表情。

"作为母亲，你应该和裕二同学在一起，虽然对你丈夫来说可能会很辛苦，不过你应该让他自己调过去。你做不到吗？"

结果和子回答说："如果只有我丈夫调过去，公司不会给很多补助，如果他带着家属，就可以从公司领到高额补助。"也就是说，移居到熊本是出于经济方面的原因。

她还说，至于裕二，当然是想一起带过去的，可是他本人坚持说想继续读国际学校，所以尊重他的想法。

但是，山本听了这个回答越发一副纳闷的表情，他又问，裕二出院以后也要每天服用大量药物，谁来管理药物？一旦发病或者出现副作用，打算怎么处理？

和子回答说："裕二自己已经掌握了处理方法，知道该吃哪种药。这一个月，我呆在福冈期间，已经通过实际演示跟他奶奶解释过，什么时候该怎么做，也写在便签上了。"

上午10点开始针对和子讯问，到了下午6点多终于结束了。和子离开证人席，仿佛完成了一项艰巨的任务，深呼吸几次之后，拿起丈夫卓二递过来的瓶装水，咕咚咕咚地喝了个底朝天。

通过这次针对和子的讯问，川上切身感觉到天平已经在朝自己这方倾斜。不过，要想彻底把天平拉到自己这边，需要4年级3班的学生和家长出面作证，说他们没有见过川上体罚或欺凌。实际上，有多位家长曾保证，一旦打官司，可以替他作证。

然而，真走到了这一步，却没有一位家长主动提供协助。只有一个人，曾担任其他年级家委会委员，他提交了陈述书，写明川上平时没有任何问题，根本没有推销过康宝莱。

该委员的证词确实是一针强心剂，但是川上还是希望得到明确否定体罚的证词，这很关键。他多次拜托那些支持自己的家长们，可是没能得到令人满意的答复。

因为他们害怕招来浅川方的怒火。前文也曾提到，家长们都很清楚，浅川一家的名声不太好。裕二读1年级的时候，曾用剪刀伤害过一个女生，这事早就传得沸沸扬扬。关于本次事件，有个同班同学对裕二说："你妈说的太过分了，川上老师都不来学校了吧。"和子得知后很生气，直接跑到那名学生家里去抗议，这事也传开了。

因此，他们选择闭口不言，表示"不想和那样麻烦的人牵连在一起"。到了新的班级还没过多久，川上还没有和家长建立充分的信任关系，这一点对他来说很不幸。

声称"见过川上体罚"的3名学生当中，有两人的证词被提交到法院，这让他更加不安。两人都是裕二的好朋友，他们是在浅川家里在和子的严密监视下作证的，证词缺乏具体性内容，而且彼此极为相似。出于这些原因，南谷和上村没太当回事，不过对川上来说，还是令人担心的根源。

在针对浅川卓二讯问之前，他提交了陈述书。卓二在文中对于审判出乎意料的发展表达了焦躁与愤怒。他那愤怒的矛头所指向的，与其说是川上，倒不如说是福冈市。

他强调，市教委认定了川上的体罚和欺凌，教委主任也给他写了道歉信，他这样宣泄对福冈市的不满：

福冈市在这次审判中的诉讼态度是，一直主张我们在撒谎。裕二被PTSD折磨得这么痛苦，却被他们说成是在装病。

本来这个法庭应该确定欺凌事实是否存在、裕二现在的症状如何，却成了揭露我们受害人的家庭隐私、让我们加倍痛苦的地方。

川上老师不肯承认事实的态度固然令人无法原谅，而教育委员会截取病例中的一部分记录来歪曲事实，我们由于家庭的各种内情，有些事实无论如何也不方便说出来，结果就被他们说成了撒谎精，老是在这些方面纠缠，白白浪费时间。从他们的态度中，我们丝毫感觉不到那种希望裕二康复的诚意。难道受害人要被伤害到这种程度才行吗？

针对卓二进行讯问时，他自然只是重复与和子相同的主张，不过和子的母亲作为原告方证人参加8月12日举行的第8次庭审时，说出了令人意外的话。

上村提问。

——听说她去读过小学，是真的吗？
"去哪里？"

——我是说和子女士去美国读小学的事。

"不是去美国读小学。"

——那是去做什么呢？

"因为附近有类似学校的地方，所以有时候会过去玩，我记得有这回事。不过她小学是在日本就读的。"

——那么，没有专门在美国的小学就读是吧？

"没有就读。"

既然没有正式就读，也就不可能"跳级"。这一瞬间，大谷律师面部有些扭曲，低下了头，并排坐在原告代理人席位上的其他律师也都不好意思地垂下了头。但是，身为关键人物的浅川夫妇却丝毫没有动摇，他们像往常一样面无表情地注视着前方。

在针对和子的母亲进行讯问之前，上村还走访了福冈县内的一个小镇，那是和子祖母生前居住的地方。她生于1917年，1988年去世，不过在她的老宅附近，至今仍有不少人记得她。

据当地人说，所谓她带着年幼的和子一年多次赴美的那段时间里，她其实和丈夫一起住在煤矿工人公寓的一隅，开了一间杂货铺。因为当时附近没有类似的店铺，对于周围的居民来说，那家店是购物时顺便小聚一下的地方，类似小型社交场所。

"她奶奶（祖母）每天都在看店，一看不到奶奶的身影，她就会问爷爷'奶奶去哪了'。从来没听说她们去过美国。"

面对上村的询问，附近的人们全都目瞪口呆，使劲摇摇头，异口同声地笑着说"不可能"。他们的证词作为证据被提交到了法庭上。

针对和子母亲的讯问下午3点左右结束，之后川上缓缓走向证人席，之前他一直在被告席上聚精会神地倾听她的答辩。当天，剩余的3小时主要用来向川上讯问。

在这之前，川上写了一长篇陈述书。他在文中不仅彻底反驳了原告方的主张，也重申了自己是冤枉的。为了在学校内部解决这件事，自己不断向原告让步，那种悔恨的心情也记录在内。

> 由于原告毫无道理的讹诈，我甚至被媒体等报道成了"杀人教师"。而且教育委员会给我停职6个月的处分，这种不合理的处置可以说将我从社会上抹杀掉了。
>
> 本次事件是一项冤罪，我决心斗争到底。
>
> 对于原告裕二同学，我从未每天施暴、歧视，甚至说逼迫他自杀的话。根本都是没影儿的事。
>
> 尽管如此，原告和子与卓二等人单方面将没有发生过的事当做既成事实，不容分说地斥责我。他们说我以裕二同学不会收拾整理为借口，反复对他实施体罚，其原因在于人种歧视等等，随意解释，胡编乱造，把我包装成了恶人。而且，他们把教育裕二同学的责任全都推卸到了我身上。

我想校长可能是因为看到原告气势汹汹，迫不得已才追问、斥责我，仿佛我真的实施过暴力。

　　原告指控的针对裕二同学反复施暴、歧视性言论等全都跟我没有任何关系。究竟是谁在实施暴力？谁在说歧视性话语？我听说此事的时候感觉原告是在控诉别人。

　　现在想来，和子与卓二说的全都是过于不合情理的事情，当时为了应付过去，也没有正面对抗，而是尽量不违逆家长的意思，乖乖地道歉，这事真的令我十分后悔。

　　在当今这个时代，很遗憾的是，在班主任与家长的关系中，班主任有话不敢说。从这个意义上说，学校也许是一个特殊的社会。

　　如果当初知道会打官司，或者如果知道会被媒体说成杀人教师、遭到诽谤中伤的话，我绝不会选择妥协，既不会承认没有做过的事，也不会道歉。

　　我认为，尤其是裕二同学，成了他母亲臆断、妄想或者谎言的牺牲品。

　　我对裕二同学实施体罚、逼迫自杀的事实并不存在。

　　因此，裕二同学撒谎也成了不争的事实。

　　但是，他还是个小学生。小孩子撒谎是常有的事，如果大人及时指出来并加以教导就没事。

　　没有人认真批评他，这让我非常担心。（中间略去）不对就是不对，我认为严厉批评很重要，这才是爱。

在面对关键的己方提问时，他也陈述了同样的观点。

针对川上的反方讯问安排在了 10 月 31 日。

南谷和上村非常熟悉川上缺乏底气的性格，这件事让他们感到非常不安，不过最为不安的自然是川上自己。

川上自从被卷入这件事以来，才感到用语言将自己的本意正确传达给别人有多么难，简直令他刻骨铭心。他曾对校长、教导主任还有市教委说过"我没有实施过那种体罚""我没有说过人种歧视之类的话"，无论怎么否认，对方都不肯相信，说得越多，事态反倒越是朝着与自己意图相反的方向发展下去，他感到焦躁，觉得一切都是枉然。

在法庭之上，如何回答才能让他们体会到自己的真正意思呢？川上苦苦思索，他觉得比起临场发挥，自己还是提前模拟一下比较好，因此他问南谷"对方律师会提什么样的问题"。

对此，南谷建议说："如果你思考会有什么样的问题，就会想记住答案。这样一来，一旦在法庭上不能对答如流，反倒显得不自然。你就按照当时的记忆，自然地讲述当时发生的事就行。"

终于到了 10 月 31 日这一天。浅川夫妇仍然占据了旁听席的最前排，注视着证人席上川上的后背。

大谷律师等人开始了严厉的反方提问。

——你对谁、介绍了什么？

"因为裕二同学耽误打扫卫生的次数有点多，那时候我就对他介绍了我要做的动作，吓唬他一下。不过没有用语言表达，只是用动作介绍的。"

——你没有用语言表达，只是说了我要这么做、我会这么做，是吗？

"没有说，只是做了。就是说我用动作示范，就像是在说我要这么做、我会这么做。"

——你没说过匹诺曹、面包超人、米老鼠之类的话是吧？

"没说过。"

大谷展示了川上8月12日的本人笔录。

——你在法庭上说过"我对裕二同学说，轻轻扯耳朵的动作叫米老鼠，我会这么做"。你说过"我嘴上说着这就是米老鼠"，你在这里说过一次吧。这事你还记得吗？

川上感到惊慌失措。

"不记得。"

一直到提问结束，川上的记忆都太不可靠了。法官也露出了惊讶的表情。和子聚精会神地听着川上模棱两可的答辩，依然像面具一样没有表情，而卓二每次看到川上被大谷追问，就会浮现出一丝冷笑。

次日，南谷质问川上："你为什么要那样回答？"结果川上说，南谷让他"按照当时的记忆，自然地讲述当时发生的事就行"，因为他太过拘泥于这个建议，就把以前的书面辩论、陈述书乃至自己的答辩相关记忆全部清零，按照听到大谷提问的那一瞬间的记忆回答的。

也就是说，必须和自己之前的主张保持一致，他甚至缺乏这一法庭上的"常识"。

在川上脑子里，至今仍不清楚自己是否说过面包超人、米老鼠之类的话，还是只说过"我要这么做"。他带着这样含糊的记忆在法庭上回答提问时，觉得"自己不可能对4年级学生说这么幼稚的话"，这种想法突然涌上心头，于是他回答说"没有用语言表达"。

久留米大学医院的病历被公开以后，川上逐渐挽回了劣势，但是由于他自己不靠谱的答辩，又退回到了对他稍微不利的状况。

随着针对川上讯问的结束，审判终于迎来了结局。

新的一年开始了，2006年1月27日，被告方川上向法院提交了一份证据，那就是东邦大学医学部左仓医院精神医学研究室的副教授黑木宣夫出具的《关于浅川裕二的医学鉴定意见书》，算是他的底牌。黑木是研究PTSD的权威，南谷和上村委托他出具一份关于前田诊断妥当性的鉴定意见书。

黑木撰写了诸多关于PTSD的著作和论文，他认为关于PTSD的诊断最近存在夸大解释的倾向，他敲响了警钟，主张认定PTSD时需要更加严密的诊断。他的这一观点也为人们所熟知。

在意见书中，黑木分别记录了原告与被告双方的主张，公平地比较探讨了它们的不同，在此基础上，就前田的诊断提出了以下意见：

> 久留米大学医院诊疗记录中现今病史部分，（中间略去）写着"现今病史陈述人（母亲）"，由此可以推测，（中间略去）有可能是根据患者母亲提供的信息断定存在体罚，完全没考虑学校方面和川上老师的陈述，就断定存在创伤经历，（中间略去）不得不说该医师在把握创伤经历时存在问题。
>
> 创伤经历是最基本的条件，前田医师却说"我没有资格确认这个事实"，不查证事实就认定创伤经历，这一点是本案例的最大问题，既然很有可能不满足CAPS的A标准（笔者注：存在创伤性事件），仅因为CAPS的总得分达到119分，就判断本案例属于"重度PTSD"，我很难接受这一观点。（中间略去）因此，我不得不认为，前田医师说裕二患有"重度PTSD"，很有可能是误判。

然后，黑木在意见书的结尾部分这样总结道：

> 很有可能在"未确认"相关事实的情况下，盲

目轻信患者母亲的陈述，就做出了PTSD诊断，关于原告主张的体罚本身，也没有从客观立场做出公平的判断。

就连被当做创伤经历的体罚事实也很可能存在疑义，期待法院做出公平的判决。

福冈市也在3月24日提交了最终书面辩论。该市与川上一方的立场不同，自然不会争辩市教委认定的体罚和欺凌事实。但是，该市认为，原告方的其他所有主张都存在很多疑点，他们最终要求赔偿的金额膨胀到大约5800万日元，甚至包括搬家后公寓的房租、国际学校的学费，这些诉求大多不具有正当性，因此彻底予以反驳。

理由已经无需多言，主要根据在于"对裕二的PTSD存在很大疑问"。

作为反驳的证据，市里甚至提交了川上给裕二拍的照片，那是2003年6月20日去校外参观学习时拍的，当时川上还没有被解除班主任职务。

按说镜头后面的人曾对他实施凶残的暴行，说过"你没有活着的价值，去死吧"之类残忍的话，给他带来了地狱般的痛苦，甚至逼得他认真考虑跳楼自杀，但是从照片上原告裕二的表情来看，这一切根本不可能发生。

关于前田的PTSD诊断，市里认为"久留米大学医院的PTSD诊断并非基于原告裕二讲述的内容，而是根据原告和子讲述的内容，（中间略去）这很明显"，完全否定了它的可信性。

对于美国亲属的存在，以及和子幼年时随祖母多次赴美等陈述内容，市里也毫不留情地提出了怀疑。

估计是这样：当初原告方说和子的祖父是日美混血，由于遭到怀疑，预料到早晚会被调查户籍，为了维持虚构，才匆忙改口说没有出现在母亲户籍上的外祖父是混血。

关于赴美经历，和子和她母亲关于逗留时间的证词存在很大出入；和子说曾在美国的小学跳级，而她母亲却说"并没有在美国的小学就读"；也没有提交日美双方小学的家长通知书等证据。考虑到以上情况，认为"很难想象这是事实"。

而且，福冈市在另一份文件中举出一组数据，对比了1967至1972年间到火奴鲁鲁①的往返机票价格与初次任职的薪水，因为和子主张这段时间曾随祖母频繁往返于日美之间，而市里执着地想要证明这是不现实的。

根据这组数据，以1970年为例，初次任职的薪水是3万日元，而机票价格大约是20万日元；1975年初次任职的薪水是8万日元，而机票价格大约是25万日元。

总而言之，对于二十世纪六七十年代的老百姓来说，就连去夏威夷旅游都像做梦一样，不可能像原告

---

① 火奴鲁鲁：美国夏威夷州首府。——编者

说的那样，"多次"前往美国。

另外，当时从日本前往位于美利坚合众国东南部的佐治亚州亚特兰大，不可能有直达航班，（中间略去）因此需要多次转机才能到达亚特兰大，这样一来，（中间略去）去一次美国的费用就会超过120万日元。

而且，福冈市识破了和子等原告坚持主张存在美国亲属的原因，在最终书面辩论上这样写道：

原告指控被告川上实施体罚是因为歧视心理，对他们来说，原告有美国亲属的设定，或者说原告和子深信有美国亲属的设定，是绝对不可动摇的。究其原因，假设原告和子知道自己没有美国亲属的话，那就说明她不打算将这个事实告诉原告裕二，将其从混血问题的痛苦中解救出来，进而可以得出一个结论，其实原告裕二并没有因为这个问题感到痛苦。这还会招来诽谤的罪名，人们会说原告夸大了源于歧视的体罚问题，这一主张缺乏准确的事实作为前提。

卓二在他的陈述书中，猛烈批判了福冈市的诉讼态度，福冈市则引证了他的话，这样回击道：

原告卓二指出："提交给法院的文件，不是需要基于证据吗？"所言极是，我们要把这话原封不动地还给原告。我们希望原告务必只陈述真相，至于那些可疑之处，请提供证据。原告的家族史和生活经历明显存在虚假成分，原告却不断用谎言去掩盖它，如果法院允许这种态度的话，那才真正像原告卓二说的那样，"无论谎言还是胡话，说出来才会赢"。

想想当初校长和市教委面对浅川夫妇时的软弱态度，这番巨变令人不禁惊叹。

关于川上，市里在结尾部分说"他为了敷衍一时，随意更改自己的申诉内容，作为教育界的公务员，态度极为不诚实，在针对他讯问时也多次改口，令人不胜惭愧"。但是又总结道："迄今为止，福冈市（教育委员会）并未发现被告川上针对原告裕二及其他同学实施体罚、令其受伤的事实，很难想象他会有原告说的那样残暴的言行，尤其是对学生说'去死吧'这样大胆又残忍的话。"

市里提交这份文件的当天，原告方也提交了最终书面辩论。文中重申：川上实施凄惨的体罚和欺凌是事实，他逼得裕二深信自己的血液"很肮脏"，引发PTSD病症，甚至试图跳楼自杀。

不过，在这份最终书面辩论里，他们以前反复强调的"裕二的外曾祖父是美国人，川上的体罚和欺凌源于歧视心理"之类的主张消失得无影无踪。

作为川上的代理人，南谷和上村在最终书面辩论中这样总结了事件的特殊性：

关于原告指控的不法行为，没有任何成人直接确认事实，既没有确认有人目睹哪怕是一部分的场景，也没有确认有人听到被告川上威胁的声音。

按说4年级3班的孩子们应该亲眼看见了。包括原告裕二本人，全班共有32人，那么在5月28日这件事浮出水面之前的半个月里，他们应该会喧嚷说教室里出事了，或者告诉朋友、家长、其他教师，然而并未有人提及此事。

如果原告指控的凄惨的不法行为确属事实，哪怕从4年级3班学生口中走漏一点风声，其他家长也会团结起来，参与协助本次诉讼，然而他们没有任何风吹草动。

非但如此，除了原告裕二的好朋友——足球部的朋友——之外，没有任何人提供协助。反倒像原告意识到的那样，大家反而觉得原告很奇怪，或者说认为他们在撒谎。

对于原告关于混血原委的言行，文中也轻松地予以反驳。

"美国血统"是怎样混入原告裕二一家之中的呢？关于这一点，原告一开始就在撒谎。也就是说，自从本案件在学校掀起风波之初，原告和子根本就没有陈述前后连贯的事实，一会儿说曾祖父是美国人，一会儿又说祖父是美国人。

原告和子在久留米大学医院撒谎的内容不只是产生混血的原委，还包括原告裕二的成长环境等。据原告和子说，她有很多事并未作解释，但是医师不可能不等她的解释就随便记录虚假内容。

至于他们声称裕二患有PTSD的说法，文中嘲讽了前田的诊断在久留米大学医院内部引发的混乱状况。

久留米大学的医务人员按照前田医师的诊断和指示，以"原告裕二是重度PTSD患者"为前提去对待他，结果不得不把原告裕二的所有行为强行与创伤经历或者PTSD挂钩进行解释或者记录在病历上。

例如，刚住院时，他会因为细微的声响、脚步声而过度警惕，这一点表现被当成了警觉性增高症状。其实如果把一个4年级的小学生带到精神病院的封闭病房的话，几乎无一例外会出现这种状况。他们特意把它说成PTSD造成的过度警惕症状，甚至令人感到滑稽。

原告裕二在大谷辰雄律师以及前田医师面前始终保持尤为温顺的态度，有点像是回到了幼儿的状态；在其他场合下，特别是在病房里最明显，他那旁若无人的举止简直判若两人，有时候还会采取粗暴的态度。

我们应当充分考虑这一行为背后的意义，无论哪种情形下的都是原告裕二，因此，他也是个普通的孩子，也会撒谎。

南谷与上村这样分析了裕二的情况，在文件最后，以对判决的要求作为结束语。

本次诉讼的问题在于"是否存在那些基于歧视心理、针对儿童的凄惨的欺凌及从人性角度看决不允许的行为"，而不是模棱两可的认定，因此我们迫切希望公正严明的判决。

3月27日第10次开庭审理，庭长宣布审结，定于7月28日宣判。顺便说一下，原告答应被告方拍摄裕二病情的录像，最终没有提交。

3月底，川上怀着对判决的期待与不安，正在教育中心努力研修，此时传来一则出人意料的消息。是一份人事调动的内部文件，将他调往同在福冈市内的B小学。终于可以回归讲台了，他曾一度差点放弃。

"这真是件大喜事啊！"教育中心的指导员为他感到高兴，而川上本人却心情复杂，郁郁寡欢。

（我还想等判决出来，辩明是非之后再回去呢……）

与其在别人怀疑的目光注视之下以模棱两可的状态回归教育现场，宁愿花几年时间证明自己的清白之后再回去也不晚，这是川上的心声。

然而，当他造访B小学、站在空无一人的教室里的一瞬间，那种郁闷的感觉烟消云散了，仿佛从来没有存在过。一种无法言喻的喜悦涌上心头，脸上自然而然地绽开了笑容。

（是啊，终于回来了。只有这里是自己的容身之地。）

川上将在这所小学担任4年级的班主任。校长自不必说，教职员工恐怕也都知道这次事件，但是所有人都只字不提。

川上在讲国语示范课时，其他学校来观摩的老师多达50人。他们究竟知不知道川上曾被称为"史上最恶劣的杀人教师"呢？

7月28日，判决当天，下午1点多开庭，一众媒体早早地便聚集在福冈地方法院的正门口。进行宣判的301号法庭的旁听席上坐满了记者，气氛十分庄严。

浅川夫妇像往常一样占据了旁听席的最前排。但是没有川上的身影。

川上自然打算这一天出庭，不过南谷担心媒体采访，在开庭前一天阻止了他。

在判决前夕，朝日、读卖、每日、日经、西日本、共同通信等报社以及RKB每日广播电视台、九州朝日广播电视台、福冈电视台共9家媒体蜂拥至南谷的事务所采访。

《朝日新闻》发出第一篇报道之后已经过去整整3年，越来越多的记者并不了解事件的详情。南谷花了很长时间向他们解释，说这个事件和松本沙林毒气事件①一样，很可

---

① 松本沙林毒气事件：1994年6月27日发生在长野县松本市的恐怖袭击事件，导致7人死亡，600多人受伤。事件第一报案人河野义行一度被警方视为头号嫌疑人，经媒体大肆报道，河野差点被定罪。后证实该案为奥姆真理教所为，洗刷了河野的冤屈。——编者

能是过于狂热的报道导致的冤案，媒体断定川上是体罚教师，一直片面报道，责任重大。

下午1点15分，终于开始宣判了。也许是确信会胜诉吧，卓二对和子露出了笑脸。

野尻纯夫庭长宣读了判决书主文：

"被告福冈市应向原告裕二支付220万日元，自2003年9月21日起至全额支付完成为止，还应支付年5%利率的利息。原告裕二的其他请求、原告卓二及和子的各项请求全部予以驳回。"

川上的不法行为被认定的一瞬间，几名记者飞跑着出了法庭。

关于不法行为，庭长陈述如下：

"被告川上于5月左右数次针对原告裕二实施数到10、米老鼠及面包超人。另外，我们已确认，被告川上曾在上课或游戏过程中对原告裕二说'美国人''红头发'，还将原告裕二的书包扔进了垃圾桶。"

但是，关于体罚，判决书中说"无法判定原告指控的那种几乎每天实施的、强到令人受伤的体罚属实"。另外，"因为掺杂了外国人的血统，所以很肮脏""美国人脑子笨"等一系列人种歧视言论及"赶紧去死吧"等逼迫自杀言论被全盘否定，关于家访过程中提到的"混血"一词，认为"很难作为歧视性言论直接认定为违法"。

至于备受关注的裕二的PTSD，认为"诊断以原告漏洞百出的主张为前提，缺乏可信度，也没有证明发病的证据"，明确予以拒绝。

也就是说，庭长认为川上的所作所为"与原告指控的欺凌行为相比程度相当轻微"，不足以引发PTSD。

南谷和上村得知PTSD被否定后感到放心了，但是体罚和欺凌被认定了，尽管只是一部分，还是让他们感到沮丧。正如南谷和上村在最终书面辩论中担心的那样，法庭避开了非黑即白的明确论断，而是采取了模棱两可的判决。在认定事实方面保留混沌不清的部分，也许应该称之为民事诉讼的极限吧。

不过，因为这份判决受到冲击最大的自然还是原告方。据说和子与卓二听到判决的那一瞬间，变得张口结舌，只说了一句"难以置信"。两人之前还一副从容不迫的样子，随着判决内容逐渐明确，脸色越来越阴沉，以大谷律师为首的原告方代理人也都是一副郁闷的表情。

宣判用了20多分钟就结束了。

南谷给川上打电话汇报了结果。川上觉得没有完全证明清白，有些泄气，不过他听说原告方的大部分诉求没有得到认可，多少有点解气。如果原告打算上诉，那正合他的心意。既然走到了这一步，他下定决心，无论花费几年时间，都要斗争下去，直到彻底洗清自己的冤枉。

以当地媒体为中心，晚报和电视台的晚间新闻齐刷刷地报道了判决内容。

其中，当地RKB每日广播电视台的报道格外引人注目。

"福冈地方法院今天宣布了判决，由于'教师存在实施体罚等不法行为'，原告要求赔偿5 800万日元，法院判处福冈市支付220万日元。另一方面，法院认为不存在'血液肮脏'的言论，这曾经是最大的争论焦点，而且，法院驳回了原告方关于歧视言论引发儿童PTSD病症的主张。"

这样报道之后，又总结了这一系列报道：

"围绕本次事件，当时大多数媒体都按照原告方的主张持续报道，只是突出报道了'血液变脏'之类的话，是否从客观角度判断了教师与学生之间的互动，这一点令人怀疑。"

"双方的主张不同，如何客观地报道各自的说法，是新闻单位的常识，不过有时候也很难。我们今后开展采访工作时也要将这一点铭记在心。"

尾声　一群伪君子

宣判结束之后，南谷和上村立即在法院的记者俱乐部举办了发布会，一开口便说："（判决）在某种程度上认定了体罚与欺凌，我们深感遗憾。"接着又表示："由于教师一方没有产生赔偿责任，从审判结果看已经胜诉，所以教师没有上诉权。我们希望福冈市一定要上诉。"

同时，大谷也召开了记者见面会，表达了对裕二的关怀："很难说是胜诉。他估计也没想到会是这种结果，因为他被认定为撒谎了。"他还说："我们无法理解为什么PTSD遭到了否定，关于欺凌内容和次数的主张中，也有很大部分没有得到认可，认定不够充分。"话语中流露了上诉的意向。

上村回到事务所，再次仔细浏览了这份长达80页的判决书，心想："这算是赢了95%左右。"实际上，原告方的诉求统统被驳回了。读的过程中甚至有些痛快。驳回的理由只有一个，那就是"原告的供词缺乏可信度"。

例如，关于和子声称的川上在家访时匪夷所思的言行，通常理应立刻向学校提出抗议，可是她却在5月30日之前一直保持沉默；川上长时间批判美国的内容不具体；批判完美国之后再介绍美国的减肥食品不合情理。出于以上原因，断定和子的供词令人难以相信。

另外，关于逼迫自杀，首先，裕二在录音带中的发言似乎受到了和子的诱导；和子声称裕二在9月初曾多次试图自杀，然而根据裕二当时就诊的儿童医院的病例，裕二当时正在享受学校生活和足球集训；浅川夫妇声称8月份听裕二说起受到川上胁迫自杀的事，他们却根本没有对儿童医院的医师提及此事。因此，结论是"无法认定教师曾逼迫学生自杀"。

至于前田医师的诊断，意见书和法庭上的陈述都被彻底否定了。

重读一下主文中关于诉讼费用的一段文字，也会发现原告方的劣势很明显。

"关于诉讼费用，将原告裕二与被告福冈市之间产生的费用平均分为20份，由被告福冈市承担其中1份，其余由原告裕二负担；原告裕二与被告川上之间产生的费用由原告裕二负担；原告卓二及和子与被告之间产生的费用，均由原告负担。"

可是，为什么认定了部分体罚和欺凌呢？

一个理由是认为校长的那份调查问卷基本可以相信，另一个是川上关于米老鼠和面包超人的陈述不明确。果然是反方提问时的失误在作祟。

但是，南谷和上村从专家的角度看透了这只是官方公开的认定理由，背后的原因是，审判特有的情况决定了判决结果。

被告福冈市已经认定了川上的体罚和欺凌，并做出了停职6个月的惩戒处分，法官十分重视这一点。判决内容也几乎都是采用了福冈市的说法。也就是说，在南谷和上村看来，法官避免深入探究福冈市的认定，做了一个无可非议的决断。

南谷说："这个判决像是和解，顾及了双方的面子。结果是最令人讨厌的类型。"

简明扼要地说，一方坚持说"实施过体罚"，另一方否认说"没有实施"，所以折中一下，就当"实施过一部分"吧。就是这么回事。

当然，如果被告方持有决定性证据，比如4年级3班的多个孩子作证说"老师没有实施过体罚"，判决结果有可能会大不相同。

2003年11月下旬，我去福冈采访时，川上已经受到市教委的处分，正处于媒体猛烈攻击的风口浪尖上，被浅川一家起诉，即将面临第1次庭审。

我首先到发生本次事件的A小学周边打听相关情况。但是没有取得令人满意的成果，很多人反应冷淡，说"不知道""不清楚"。

只有在小公园带孩子玩的一名家庭主妇开口说道：

"事实和报道完全不一样呀。大多数人都说老师太可怜了。我基本上没听到过有关那位家长的好话。（老师）不过是摁了摁孩子的脑门儿，那位家长就夸大其词地到处宣扬。如今媒体来了，事情闹大了，我看她是骑虎难下了吧。"

听了这话，我感到很吃惊，又找了两名小学四五年级的孩子问了问。

"你们读几年级啊？"

"5年级。"

"知道川上老师的事吗？"

"知道。"

"川上老师教过你们吗？"

"3年级的时候教过。"

"老师怎么样啊？体罚过你们吗？"

"没有，他不是那种可怕的老师。"

"关于这次事件，你们觉得老师欺负那位同学了吗？"

"报纸上写了，可能欺负过，也可能没欺负过。"

孩子们口中的川上似乎和电视、报纸、周刊杂志上大肆宣扬的穷凶极恶形象不太吻合。看上去孩子们自己也拿不太准。

我急急忙忙地赶到川上家，他把我请进家里，客气地回答了我的很多问题，果断地否认实施过体罚和欺凌，说这是污蔑。

可是，既然如此，为什么要承认事实，还道歉了呢？我这么一问，他说："我想尽快解决与家长的矛盾，为了在学校内部平息此事，我只能选择让步。"

我听了这个解释还是有些纳闷。为什么必须承认从来没做过的事呢？

结果川上略微低下头，轻声嘀咕道："家长和教师地位不平等呀。无论什么事，教师处理时总是让一步，不然就不好办。"

我不太了解教育现场的现状，这话给我带来很大冲击。最近在小学里，家长已经变得如此强势了吗？我感到震惊。

也许是在长时间采访过程中变得有些熟悉了吧，川上极为简单地对我讲述了浅川和子的人品。于是我问他：

"她说她是归国子女，祖父是美国人，莫非都是假的？"

"是的，很可疑。"

如果这些话都是谎言，那么事情很严重。因为这关系到事件的根本。

接下来，为了找当地记者了解情况，我联系了西日本新闻社的野中贵子，听说她一直热心追踪这个事件。

不知为何，她接听电话时有些不高兴。

"我在周围打听了一下，似乎和报道的内容有出入呀。"

我开口说出心中的疑问，她立刻沉下脸来说：

"就是因为你这样打听，才会让浅川一家受到更大的伤害！"

接着她又断言道：

"浅川太太说的绝对没错，体罚和欺凌百分之百是事实。"

然后她补充说：大谷辰雄律师负责对外解释这次事件，只有他才清楚具体情况。

野中的气焰令我感到吃惊，我又找到另外一名当地媒体的女记者了解情况。结果她讲述的整件事的来龙去脉完全不同。她曾经在Ａ小学周边摸过底，一位熟悉学校内情的家委会成员作证说"孩子们都没见过川上老师实施体罚或欺凌"，他还说"川上老师给人的印象就是一名普通教师"。

她还对我说，大谷律师想要控制报纸和电视舆论，不过眼下当地媒体大多对这次事件持怀疑态度，所以他未必能够如愿；大谷越来越焦躁，一旦有媒体进行稍微支持川上的报道，他就会威胁说"以后我不会再接受你们的采访"。

于是我立刻联系大谷，想找他采访，但是被一口回绝了。

不过，他有些激动地说"我只想说一点"，然后便滔滔不绝地说了起来。

"现在，儿童（指裕二）按照医生的指示住院了，他在医院里的表现正是严重的PTSD症状。希望你不要外传，他甚至有自残行为。医生说，儿童很明显受到了身体和精神方面的打击，可以推断是本次事件引发的PTSD。所以，事到如今，那家伙无论说什么，无论怎样狡辩，都不可能被认可！"

"那家伙"指的是川上。这种感情用事的措辞不符合律师的风格，果然还是因为媒体未必肯按照他们的意愿进行报道，流露出来焦躁情绪了吧。

内田敬子律师作为辩护团的一名成员，替他出面接受了采访。她似乎完全信任浅川夫妇，对于和子的美国相关经历也毫不怀疑。她说："孩子妈妈好像在美国受过教育啊。"

我用话套她，问她"你觉得体罚和欺凌的原因是什么"，她明确回答说"我们不得不认为，是由于川上老师的歧视心理"。

既然如此，我又问"有学生说看到川上实施体罚或欺凌了吗"，她回答说"我们觉得有，现在正在调查"。不过她又说："我们现在没有考虑这种同学的证词。裕二同学现在呈现出了严重的PTSD症状，我们认为，单凭主治医师的证词，就能证明该教师存在虐待行为。"

也就是说，按照她的说法，通过疑似PTSD的症状，就能证明存在诱发病因的事实。这个逻辑有多么危险，而且本末倒置，全面否定PTSD的判决书就是最好的证明。

"我们认为存在体罚。"

在A小学的校长办公室，校长这样对我说道。教导主任就坐在他旁边。

川上与浅川夫妇面谈时，川上并未承认他们指责的严重体罚和欺凌，因此双方谈崩了。我问及当时的状况，校长这样解释道：

"家长说'你每天都在实施体罚吧'，他们的怒火越烧越旺，而川上老师一直保持一种冷静的态度。应该说他的性格很吃亏吧，好好解释一下不就行了嘛。"

我问，这样是不是在家长面前太软弱了？他回答说：

"首先要通过认真倾听家长的话来获取对方信任，这一点很重要。诚心诚意地对待家长，虽然这种态度有可能被认为是软弱、是在点头哈腰。"

最后，校长又透露了这样一句话：

"我们学校的全体员工都不觉得川上老师做过那样过分的事情。"

估计这是他的真心话。可是，这样一来，似乎与"我们认为存在体罚"这句话有矛盾。不过，在校长心里，这两句话不仅不矛盾，还首尾呼应。

因为在校长和市教委看来，川上实施体罚确属事实，但是并不严重，不至于让学生受伤。

这一差异虽然容易混淆，但是极为重要，然而校长无论在蜂拥而至的媒体面前，还是在法庭的证人席上，都好像故意似的不作任何解释，只是一口咬定"有过体罚"。因此，外界一致认为，校长基本承认了浅川一方坚持主张的严重体罚。

然而，在针对校长的讯问结束以后，我再次联系校长，向他确认："您不是说过'我们学校的全体员工都不觉得川上老师做过那样过分的事情'吗？"结果他用强硬的语气反驳说："我并没有说川上老师实施过浅川太太指控的那种令学生受伤的严重体罚！"

到头来，校长是在玩文字游戏，故意语焉不详，无论遭到哪一方批判，都可以作出辩解。在我看来，只能是这样。

说到底，如果是校长理解的那种体罚，媒体也没必要大张旗鼓地报道。双方在诉讼中争论的重点应该在于是否实施过导致PTSD的严重体罚，光是说一句"有过体罚"，不能称之为回答。

如果说校长有值得同情的地方，那就是他成了那些媒体的牺牲品，他们肆无忌惮地涌向 A 小学。据说某电视台一来到学校就说："听说你们这里饲养奇怪的生物？"另外，尤其是《西日本新闻》的"逼迫自杀报道"之后，以《周刊文春》的西冈记者为首，似乎有不少记者用粗暴的语气问："为什么对这种教师放任不管？"

不过，据说也有一位女性周刊杂志的记者听说学生受伤了，认为这一定是伤害案件，于是直接去了警察局，在那里得知根本没有人报案，因而对该事件产生了疑问。

为了弄清浅川和子所说的"美国血统"的真伪，我决定先找她父母确认一下。我给住在福冈县内的她的亲生父亲打电话，为突然采访道歉，表明身份后开始提问：

"和子女士的儿子受到小学班主任的非常严重的体罚，事情闹得很大，您知道吗？"

"哈？你在说什么？"

我把之前听说的严重的受害情况解释了一下，又试着问：

"听说原因是教师的歧视性言论，非常冒昧地问一下，和子女士的祖父到底是美国人吗？"

"哈？你在说什么？怎么回事？""和子女士是这么说的。听说她是归国子女？请问您是日美混血吗？或者和子女士的母亲是混血吗？"

对方似乎有些困惑，沉默了一会儿。

"不，和我没有任何关系。"

说完就把电话挂断了。

紧接着我又去了浅川家。直接出面接待我的是一位女佣。她似乎通过媒体报道多少了解这件事，这样断言道：

"和子父亲根本不是什么日美混血，他没有半点美国血统，跟美国毫无关系。"

和子的亲生母亲当时在和子家公寓附近经营一家小酒吧，自然会和她们一家有来往，也应该知道这次事件。

晚上8点左右，我来到店里，看到吧台里站着一位60岁上下的女性。店里没有客人，她看到我之后一副惊讶的样子，我向她解释了来访的目的和情况，直接询问核心部分。

"不好意思，请问您是日美混血吗？"

她母亲一愣，露出一副惊慌失措的神情。

"这一点我无可奉告。"

"请问和子女士的外祖父是美国人吗？"

"不，不是，不是！请你出去。这是侵犯隐私！"

她大声喊着从吧台里跑出来挡在我面前，我几乎是被她推出了店外。

此时我才发现手机上有一条录音留言，一点播放，里面传出来一道冷漠的男声，不带一丝情感。

"我是浅川，可以麻烦你接电话吗？"

原来是浅川卓二。

当时，大谷律师等人声称对该事件的报道属于过度采访，呼吁媒体尽量克制。直接采访浅川一家自然是严加禁止。而且，他们甚至还要求媒体尽量不要采访Ａ小学的学生及家长。

因此，我正在烦恼应该如何接触浅川一方，结果就接到了他们的联络。第二天，我试着拨通了电话。

接电话的是一名女性，是和子。我自报家门后，简短地告诉她昨晚我的手机收到了她丈夫的留言。

然后，我开门见山地问：

"你的祖父是美国人吗？"

"无可奉告。这种事请联系律师。"

声音很冷淡，装腔作势。

我又问了一遍。

"请问你祖父尊姓大名？他住在美国什么地方？"

"无可奉告。请联系律师。"

"（川上）老师真的对裕二同学说过'你从公寓楼顶上跳下去死掉算了'吗？真的实施过严重体罚吗？"

"无可奉告。请联系律师。"

她一直重复同样的回答，我灵机一动，这样问道：

"您觉得能打赢这场官司吗？"

"我们正在准备，志在必得。"

她的丈夫似乎一直在旁边倾听我们的对话，此时她好像把话筒转交到了他手上。

"你怎么知道的？"

说话方式很生硬，与录音留言中的声音一样。他是在问我怎么知道和子母亲的小酒吧位置的。

我没有回答他，而是重复了刚才问和子的那个问题。

"你太太的祖父是美国人吗？"

结果卓二撂下一句话：

"我没必要回答你！"

随着审判的进展，浅川夫妇的谎言逐渐被戳穿，原告方的优势开始一点点动摇。随着情况的变化，我很想知道那些断言川上是体罚教师的媒体是怎么想的。

于是，我分别找《周刊文春》的西冈研介、《西日本新闻》的野中贵子、《每日新闻》的栗田亨聊了聊。

西冈对我讲述了他自己的采访经过，但是我给他解释审判中明确的事实时，他根本不听。他本来是驻京记者，在《周刊文春》写了两篇相关报道之后，估计对福冈审判的进展并不感兴趣。

而野中似乎也不了解审判的详细情况。因为一旦开始打官司，她就会把接力棒传给司法记者。

因此，我对她说，和子的"美国血统"相当可疑；大谷律师已经承认，和子的那份"家族史"几乎是虚构的；裕二在久留米大学医院住院期间，根本没有出现疑似PTSD的症状。她听了大吃一惊。

"本来应该是人种歧视引发的欺凌，如果美国血统是谎言，这件事的根基就会倒塌。"

野中说完这话，又对我讲述了整个福冈的媒体大举涌向浅川家时的情况。

"好像当时浅川太太说：'我经常跟孩子说，你们拥有日本和美国的两种文化。因此孩子感到格外自豪。外曾祖父是美国人，他们觉得值得夸耀。'而且她说父母还在美国，好像是说的她母亲吧。"

"和子女士的母亲在她家公寓附近开小酒吧呢。"

我告诉她这一事实，她再次露出了惊讶的表情。

看来真的是目瞪口呆了。

我问她，第一次跟她联系时，她为何那样充满自信地断言说"浅川太太说的绝对没错，体罚和欺凌百分之百是事实"。

她回答说："首先，校长已经承认，市教委也认定其为全国首例教师欺凌。因此我没有怀疑。而且最重要的是，存在孩子受到伤害的事实。专业医生甚至召开了记者见面会，断定孩子患有PTSD，所以我就觉得存在引发病症的事实。总之当时我对浅川太太深信不疑。"

我采访《每日新闻》的栗田时，他也说，之所以对川上的体罚和欺凌深信不疑，最重要的依据还是关于PTSD的认定。在前田医师的记者见面会上，听到专家都说得这样明确了，也就相信了"确实存在体罚和欺凌"。

前文中内田敬子律师说认定事实的依据是PTSD这种病症的特殊性，野中和栗田都被这种颠倒的逻辑误导了。

对于栗田来说，校长配合媒体的态度似乎也是他相信存在体罚的原因。

栗田说他迄今为止采访过学校现场的各种体罚事件。

"每次采访校长的时候，他们都会含糊其词，或者让去问教育委员会，明显露出嫌麻烦的表情。可是A小学的校长却不一样，他认真接待了我，最重要的是他明确承认了存在体罚。"

我对他讲述了审判经过，他还是坚持认为"川上实施过体罚"。不过，他有些胆怯地说："如果（川上）老师打赢了（官司），我会被起诉吧。"最终法院判定，虽然程度轻微，川上实施过体罚，所以他现在应该如释重负了吧。

另外，《朝日新闻》的市川雄辉记者算是这一系列风波的始作俑者，判决后我试着联系了他。但是，他只是讲述了采访川上的经过，其他问题一概拒绝回答。

我再重申一下，判决书中虽然认定了川上的体罚，但是程度极为轻微。我觉得就连这种轻微的体罚都不是事实。总之，既然程度这么轻，媒体根本没有报道的价值吧。

可是事情为什么闹得这样大？他们说是因为校长承认了，市教委承认了，精神科医生的诊断结果是PTSD。其实还有别的方法可以探索真相。

如果稍微在A小学周边采访一下，听听家长们的说法，应该就会发现"很奇怪"。我在周边采访时，媒体的采访热潮已经过去了，家长们饱受困扰，嘴巴都很严。尽管如此，我还是打听到了一些消息。

何况他们去采访时应该还没有这些制约。前文提到过，有几家电视台实际查访过，拿到了证词，说"孩子们没有看到老师体罚"。

但是，将第一篇报道作为"独家新闻"，却消极应对我的采访的市川，以及西冈、野中、栗田等人，究竟查访了多少呢，我表示疑问。我不由得想，既然浅川一家的恶评已经在家长之间广为流传，如果随便走访一下，应该就会有所耳闻，至少不会出现那种片面报道吧。

在针对浅川和子的讯问开始之前，我终于得以采访了大谷律师。我想要务必问清楚的一点还是关于"美国血统"。

"和子女士的主张都是根据常识无法想象的事情。到底谁会相信呢？"

"针对她讯问时便会真相大白。"我问其他问题，得到的也是几乎相同的回答。确实，他不可能从正面回答。

"您是'儿童权利委员会'的会长吧。这么说来，您在担任这个案件的代理人之前，就抱有成见吧？觉得孩子总是对的，教师总是错的，是压迫者。"

我这么一说，大谷面露不快，说："我可没那么单纯。"

"为什么不提起刑事诉讼呢？这完全就是伤害案件吧？"

"我也想呀。可是那个男孩的身体状况承受不了警察的讯问。"

"您见过裕二同学的PTSD发病吗？比如，您说他一听到小型汽车经过，身体就会瑟瑟发抖。"

"没有。"

"从病历上看，他在住院期间根本没有出现PTSD症状，对吧？"

"那要看你怎么解读病历。"

"裕二同学很精神呀。他还笑嘻嘻地练习踢足球了呢。"

"……"

我曾在A小学的校园里亲眼见过一次裕二。第一印象是，他是个普通的活泼的男孩子。头发确实稍微带点褐色，不过并不明显。他玩球时笑得很灿烂，看来是发自内心地喜欢足球。

我最后问道：

"听说您百分之百信任您的委托人浅川太太，是吗？"

"……现在也不是那么信任了。"

据说裕二非常尊敬这位大谷律师，称他为"正义的伙伴叔叔"。而且他在前田医师面前也很听话，他从来不听护士的话，而前田呵斥一声，他马上就老实了。

眼看就要审结的时候，原告方新提交了一盒录音磁带，记录了他们母子之间的对话。那是裕二住院之后2个月左右的对话。

川上听着录音，猛然觉得胸口发紧。裕二不停地央告：

"那个，我想出院。可是为什么不能出院呀？我不要去国际学校。我要去上学，和大家一起，我想他们了。和大家见面之后，想一起玩，一起学习。所以，我不想住院了。我一定要出院。我想出院。"

为什么没有人肯听裕二的这种呼声呢？前田医师也好，以大谷为首的大型辩护团也好，还有市教委，自然也包括他的父母，如果真正担心他的话，无论如何也不能忽视他那心底的呐喊吧。

川上觉得："从另一个意义上说，裕二是这次事件的受害者。"

由于前田医师的草率诊断，他被剥夺了求学的机会，之前读得好好的学校也不让去了，不得不在精神科封闭病房住院达半年之久（虽然一半以上的日子住在家里），还被开了副作用很强的药，据说服药者有自杀的先例。

重申一下，判决书连PTSD的发病都没有认可。

不过，4年级3班的孩子们也是这次事件中最大的受害者，他们被卷入到这场风波中。我采访了4年级3班的家长们，确认了没有一个孩子目击过和子指控的那种体罚和欺凌，也没有听到过一句逼迫自杀言论。

不过，及川纯平被裕二打过好几次，因此川上轻轻拍打过裕二的脸颊，当时孩子们都看到了。孩子们虽然不懂大道理，却也明白"浅川同学是因为干了坏事才挨打的"。

关于这次事件，孩子们最初察觉到异常，是在负责监督的老师来了之后。一名学生这样说道：

"有一天川上老师突然说'这是负责监督的老师'，打那以后校长和教导主任就经常在教室后面或者走廊里观察我们。大家纷纷议论为什么会有老师来，最后一致认为是因为浅川同学老干坏事，才给我们安排了负责监督的老师。"

第一天，川上当着其他孩子的面给裕二道歉（前文提到过），不过大多数学生都搞不清是怎么回事。

2003年6月27日，《朝日新闻》的第一篇报道刚出来，学校就像炸了锅。连续多日，电视台的转播车排成了长龙，报社记者蜂拥而至，教导主任不得不严厉地叮嘱孩子们。

"不许接受采访！"

但是，最令孩子们感到震惊的是，大人们在电视和报纸上煞有介事地报道的内容与现实之间的天壤之别。孩子们纷纷对家长和朋友坚持说："不对，不对，没那回事。根本没有过体罚或欺凌。""今天电视台也来了。可是，电视上播出的内容不对，和真实情况不一样呀。他们在说谎呀。"

据这名学生说，他当时从教室窗户里眺望着转播车，和几个朋友有过这样的对话。再加上，学期刚过一半就换班主任，毋庸赘言，给孩子们带来了巨大的不安和压力。

"换了老师，班里变得乱糟糟的。让川上老师带我们班一年更好。"

由于一连串风波，接连有学生不愿去上学或者身心状况都出了问题，据说该学生看了关于川上逼迫自杀的报道，受到了更大的刺激，不停地呕吐，在家休息了一周。

针对这种状况，学校迅速引进了校园心理咨询师，给孩子做"心灵护理"，可是在隐瞒真相的情况下，心理辅导究竟能发挥多大效果呢？

"班里不断出乱子，支持浅川同学的少数几个孩子，和拥护川上老师的大多数孩子打了起来，家长们也越来越不信任学校，疑神疑鬼，状态不正常。到头来，学校只好说，无论家长还是孩子，都不许与浅川家的这件事发生牵连。究其根源，还得怪校长对浅川家言听计从。"

这是一位家长说的话，他还忿忿不平地问，孩子们受到的巨大伤害由谁来负责？学校、市教委还有原告方律师到底怎么想的？

这位家长还说出了他的担心。

"恐怕这场充满谎言的官司，会让孩子们对大人产生不信任，在他们心中种下偏见，觉得大人终归都是骗子。"

据说配合采访的那名学生听说判决书中认定了川上的体罚和欺凌，对他母亲小声嘟哝了一句"为啥呀"，一副不满的样子。

话说川上被解除班主任职务以后，又"爆发"了一件与裕二相关的事件。

孩子们开始骂裕二："肮脏，滚开！"新的班主任心想，哎呀，孩子们是在模仿川上说话吧。他慌忙开始打听情况，结果发现没有任何一个孩子说自己"是在模仿川上"，原来他们是受当时流行的电影以及中学生的言行的影响，才说出了那样的话。

南谷与上村调查了一下这个"肮脏的血液"的出处，发现竟然源自《哈利波特》。大概从2000年开始，《哈利波特》风靡全球，"肮脏的血液"这个词频繁地出现在相关书籍和电影中，在孩子们中间也颇为流行。

这件事的根源到底是什么呢？

川上完全不明白自己为何会这样招浅川仇恨，他一直苦苦思虑原因。硬要说的话，他只能想到一件事，那就是他曾轻轻拍打裕二的脸颊。因此川上才想从被裕二打过的及川那里取得证词（前文已讲述）。

然而审判一开始，他才明白，原告根本没把这件事当作问题。归根结底，他们指控的体罚是面包超人、匹诺曹和米老鼠。

那么，原因出在哪里呢？

南谷推测，一切都源于2003年5月28日那天，裕二放学回家后，书包里过于杂乱，和子感到吃惊，在她斥责盘问之下，裕二哭着说出了"数到10"。

　　为了防止原告裕二忘记铅笔和橡皮，原告和子之前曾用马克笔在他手背上写下"铅笔橡皮"四个大字，一眼就能看到。她还严厉地叮嘱道："这样还是忘带的话，下次就写在你脸上。"

　　然而，尽管原告和子再三叮嘱，原告裕二5月28日那天还是没能遵守约定，又忘记带了，面对和子的检查确认和责问，他只是一个劲儿地哭。

　　这样下去的话，原告裕二不得不面临这种状况：去A小学上学的时候，脸上带着原告和子用马克笔写的"铅笔橡皮"。

　　在这种状况下，原告裕二的心理压力已经被逼到极限，他不由得想要回避自己的责任，于是哭着撒谎，将责任转嫁给被告川上。即使他这样做也不足为奇。

　　非但如此，被人用马克笔在脸上写"铅笔橡皮"，考虑到这种屈辱感，迫不得已选择撒谎反倒是自然而然的事。

　　南谷在最终书面辩论中写下了以上内容。

　　也就是说，南谷认为：和子错把裕二情急之下的辩解当成了真相，一心以为裕二不擅长收拾整理、容易忘东西的原因全在于川上，这种主观臆断和胡思乱想一下子膨胀起来了。

3年前，为了调查"史上最恶劣的杀人教师"，我开始了采访。但是，随着追踪的不断进展，这个凶残的教师形象如同海市蜃楼般消失得无影无踪，取而代之的是一位善良的教师的身影，他惶恐地蜷缩在媒体和世人的白眼之下。

　　人权派律师思想僵化，坚持简单的二元论，认为孩子是善、教师是恶；学校现场和教育委员会无法拒绝家长的无理要求；媒体把教师当成恶人，即使轻微的体罚也会立刻大肆渲染；精神科医师沉醉于英雄主义，盲目轻信律师的话，想要拯救可怜的受害者；还有化身投诉狂的家长。

　　最终，他们联合起来把川上捏造成了"史上最恶劣的杀人教师"，这才是真相吧。

　　换句话说，带有偏见的片面性信息让人们停止了思考，激起了集体歇斯底里，最后拿无辜的人开刀。恍如一场恐怖的噩梦。

　　由于《周刊文春》指名道姓地谴责攻击，网上有一阵子充满了针对川上的污言秽语、诽谤中伤的言辞，令人不忍直视。在此不一一引用，不过其中也有这样的留言：

　　　　我是川上老师的学生，他很久以前教过我，是位好老师，并不像报纸上报道的那样坏。我看了新闻报道以及这里的留言，感到非常气愤。

　　　　在我小时候，课间休息和放学后，老师总是陪我玩，他看到孤单一人的孩子就会上前打招呼。

　　　　我说我养的小鸟飞走了，他就陪我一起找到傍晚。他说不想看到我悲伤的样子，拼命地寻找，一直到外面已经漆黑一片。这件事至今让我记忆犹新。他就是这样的老师。

我敢担保他不是报道中写的那种老师。

老师，请加油！

2007年1月，二审开始。

"捏造"事件的后续

　　2006年7月，法院做出一审判决，原告方表示不服，提起上诉。我在本书的单行本中写到这里就搁笔了。想必很多读者都想知道之后的结果吧。

　　因此，我想跟大家汇报一下二审判决之前的整个过程。

　　二审虽然始于2007年1月，可是开场却一波三折。原告方竟然在同年3月5日撤销了对川上老师的上诉。那么，这是否意味着二审销案，维持一审判决呢？事实并非如此。希望大家不要混淆，这并非等同于撤销了诉讼，顶多只是撤销了对教师的上诉。

　　这事说来有些复杂，这次诉讼的被告包括两方，即教师和福冈市。也就是说，原告只撤销了对教师的上诉，打算继续对福冈市提起上诉。

　　下达一审判决时，浅川夫妇张口结舌，表示"难以置信"。法院否定了PTSD，在欺凌内容和次数方面，原告的众多主张也没有得到认可，原告方代理人大谷辰雄律师对此明显表示不满，认为这是"认定原告'捏造'的判决"

（上诉理由书中这样写道），令人难以信服，表达了通过上诉继续抗争的意向。

然而，二审刚一开始，原告方就轻易地撤销了对教师的上诉。我想询问一下他们的真正意图，就给大谷打了个电话，结果他说"你是什么人？跟你没什么好说的"，接着就把电话挂断了。

反倒是教师的代理人上村雅彦律师给我解释了一番。

"原告方表面上解释的理由是，受害学生本人表示，如果教师不参与本次诉讼，他愿意出庭作证。但是，真正的目的是想维持220万日元精神损失费，这跟一审判决中认定的轻微体罚和欺凌有关，如果二审判决中把这个也取消了的话那就麻烦了，估计是考虑到这一点，他们才撤销了对教师的上诉吧。"

总而言之，他说对方是考虑到在这次二审中有可能无法赢得比一审判决更有利的结果。

如果真是这样，那么他们和福冈市之间继续二审的原因是什么呢？

针对原告方的指控，教师指出其毫无事实根据，展开了全面斗争。然而福冈市的立场有些微妙，因为他们已经对教师下达了惩戒处分。他们并不争辩处分时认定的体罚和欺凌。原告与福冈市之间争论的焦点只是有无PTSD。

因此，把争辩所有相关事实的棘手的教师排除在外，集中力量与好对付的福冈市争辩有无PTSD，这可能是原告方的法庭战术吧。

但是，这种做法过于敷衍一时。归根结底，原告方预料到根据《国家赔偿法》（公务员在履行职责时如有违法行为，国家或者地方政府会替他承担赔偿责任）教师可能会被免除责任，对此感到不服，为了追究教师个人的责任才提起了诉讼（顺便说一下，前文中也曾提到过，既然那么强烈地想要追究教师的责任，没必要发起民事诉讼，直接发起刑事诉讼就可以）。

然而，从法庭战术上看，教师的存在成了障碍，他们便单方面将教师从被告席上拖下来，剥夺了他争辩的权利。这不完全是舍本逐末吗？

教师的另一位代理人南谷洋至律师也强烈批判说：

"这种做法是从正面否定正义，绝对不会被允许。"

迫于无奈，南谷和上村两位律师向法院提出申请，让教师担任"福冈市的辅助参加人"，得到了法院的许可。通过这个法庭上的新身份，教师才勉强得以继续参与审判。

另外，原告方在二审中提交了几份补充证据。其中一份是一段简短的英文，是浅川裕二写给他就读的国际学校的外教的。裕二在文中描述了他的PTSD症状，例如"感到恶心，吐了好几次""记忆复苏了，怕得要死"等。

除此之外，还有一盒录像带，里面是裕二本人面对他的主治医师——久留米大学医院的前田正治医师，就一系列事件作证的内容。还提交了该医院的3名医务人员的陈述书。该医院全力以赴，无论如何也要证明浅川裕二患有PTSD。

二审最精彩的场面是2007年7月9日举行的针对裕二本人的讯问。他声称9岁时曾遭受班主任川上老师的体罚和欺凌，以致患上了PTSD。此时他已13岁，在熊本县的一所私立中学读初二。

裕二以教师不出庭为条件，出席了这次设在久留米大学医院的非公开法庭。以前，他被诊断为PTSD，曾在这里住院，现在他每个月来拿一次药。

关于法庭上的裕二，南谷说"印象中并不觉得他不健康"。

话说是否可以公开非公开审理的内容，尤其是少年的证词呢？我想可能有很多人对此持有疑问。关于这一点，上村的解释通俗易懂。

"以非公开形式对少年进行讯问，和不公开（保密）讯问内容是两码事，在本案中，公开讯问内容没有任何妨碍。为什么呢？因为非公开审理的理由是，原告方声称'如果在法庭上实施讯问，可能会导致少年的病情恶化，陷入不能作证的状态'，而此时针对少年的讯问已经结束了。"

说到底，民事诉讼的庭审的根本原则便是公开。而且当事人当然有权列席。然而这次针对裕二本人的讯问之前，原告方解释说虽然"少年有出庭作证的想法"，但是"如果教师出席的话"，或者"如果在法庭上进行讯问的话"，"有可能导致病情恶化，陷入不能作证的状态"，因此教师对原告方作出了很大程度的让步，结果就是非公开、教师不列席。

裕二站在证人席上表达了他的决心："因为之前的法官怀疑我撒谎，所以我来出庭，想对这次的法官证明我没有撒谎。"面对代理人大谷的己方讯问，他作出了如下回答。

例如，关于体罚，他说："他用力扯我的耳朵，捏着我的鼻子晃动我的身体，用拳头摁着我的脸颊滴溜溜地转，用一只手紧紧抓住我的头——这个动作叫铁爪。"

关于教师的"逼迫自杀言论"，他说："他让我自杀，说我的血液很肮脏，后来也不说血液肮脏了，直接让我自杀，他问我为什么不自杀，让我回家后实施。"大谷问他："这些话是在哪里说的？"他回答说："他在厕所里对我说回家后务必实施。"

他还作出了这样的陈述，对场景的描述异常清晰。

"放学后，天气晴朗，窗户开着，太阳与他的脸重叠在一起，完全看不清表情，不过我记得他说让我自杀。"

裕二的这些证词，乍一看很具体，可能你会认为值得信任。不过，这样理解有些轻率。

原告方之前一直声称，教师在家访时对裕二的母亲和子说"肮脏的血液"，被裕二听到了，次日他在学校图书室查词典获悉了这个词的意思，受到了打击。

然而裕二本人却说："家访时（中间略去），我觉得没有听到他说肮脏的血液之类的话。"另外，关于原告方一直主张"放学班会时当着其他同学的面实施的"体罚，他作证说"大多是在放学后"。

就连本应对自身有利的己方讯问，都这样破绽百出，轮到反方讯问时，他连续说"不记得"，让上村感到无语，说"到头来跟'不能作证'没什么两样"。

以下是南谷与裕二的对话。

"起诉书中写着，（中间略去），家访后第二天，你回到家的时候身上有鼻血。你是在哪里流的鼻血？""不记得。"

关于教师的体罚和欺凌，"你什么时候告诉你妈妈的？""完全不记得。"

至于耳朵被扯裂化脓的重伤，他说"模模糊糊只记得一点儿"。

"两手攥成拳头，在脸颊上转动着按压，这个动作叫什么啊？""就连是不是有个名称，我都完全不记得。"

己方提问时，他说因为教师的"逼迫自杀言论"，他爬到自家公寓的6楼，攀登到开放式走廊的墙边，"要不就这样跳下去死了算了（中间略去）我一直在想"。被问及"你大概几点上去的""你在那里呆了多长时间"，可是他说"完全不记得"。另外，关于这次"自杀未遂"，跟他对前田医师讲述并录像的证词也完全不同。

另外，关于案发时放学班会的情况、PTSD症状初现端倪的暑假、在精神科病房住院、为了判定PTSD所做的测试，他都表示"不记得"。

而且，关于前文提到过的那段英文（"感到恶心，吐了好几次""记忆复苏了，怕得要死"），据说是他本人写给国际学校的老师的，律师展示给他看，问他"你记得这是写的什么吗"，结果他说"不记得"。律师再次问他"你想起来意思了吗"，他说"能看懂一点儿，上面写着回忆起来了什么才写的"。

有的时候因为他回答问题很清楚，反倒给自己挖了一个死坑。

主治医师前田曾在法庭上作证说，2003年9月初次接诊时，得知裕二有自杀念头，感到震惊，和他"约好了不会寻死"。然而，当上村再次问及此事时，裕二说这个约定是"一个月前做的"。也就是说，按照他的说法，前田医师声称4年前初诊时做好的约定，其实是当年6月上旬做的。

上村对此也感到吃惊，甚至叮问道："你的意思是，你和前田大夫没有谈论过自杀这个问题吗？"

当事人讯问应该说是原告方的撒手锏，却像这样事与愿违，最终只凸显出了重重矛盾。

接下来，同年9月12日和11月16日，久留米大学医院的社会工作者大西由岐（化名）作为原告方的证人出庭。

原告方无论如何也想让法庭承认裕二是重度PTSD患者，那么让她作为证人出庭的目的是什么呢？

CAPS是用于诊断PTSD的一种面试形式的测试，大西有资格进行结果判定。2004年6月25日，她和该大学医院的临床心理师一起，为裕二进行第2次CAPS判定，推算出了122分的高分。

顺便说一下，第1次CAPS判定是前田医师在"案发"4个月后的2003年9月12日进行的，当时也给出了119分的高分。

在这之后，裕二从同年10月到次年即2004年4月在久留米大学医院住院（实际上一半以上时间住在家里）。他出院后没有回A小学，而是转入国际学校，接受第2次CAPS测试时正在那里就读。尽管经过住院治疗，还是超过了第1次的分数，貌似这正是PTSD依然严重的证据。

但是，尽管前田医师在一审时作为原告方证人出席了非公开法庭，以这个高分为理由，声称裕二患有PTSD，在判决中这一主张却被彻底驳回了。

究其原因，裕二接受CAPS检查时母亲和子陪在身边，并积极替他发言，因此法院认定这个检查结果只是反映了和子的陈述。顺便说一下，法院在一审判决中，断定和子的所有陈述缺乏可信度。

因此，他们想让评分者大西作证，第2次CAPS并未反映和子的发言。

大西在出庭之前提交的陈述书中也写着："裕二同学的母亲并未在场，我和临床心理师给裕二同学做的测试。因此，我们当时是听裕二同学本人的讲述。"

关于裕二的母亲和子是否参与，她在法庭上也表示："她呆在（进行面试的）游戏室里，没有参与面试过程。"

但是，在记录这次CAPS的病例中清清楚楚地写着"CAPS→with Mo（和母亲）"。而且，上面还记载了具体情形："在做CAPS测试时，他有时候会和面试时一样，也会否定Mo的回答，貌似大多数情况下不是他不想承认自己的症状，而是因为他不记得了。"

被告福冈市揪住这一点追问时，大西不得不承认："我看了市里提交的书面辩论，老实说，我多少想起来了一点儿，好像孩子妈妈确实有过发言。"

在第2次CAPS检查时，和第1次一样，和子参与面试并发言了，大西就这样很不情愿地承认了这个事实。不过，她一直否认该发言对检查结果本身造成的影响。

原告方之所以让大西作为证人出庭，其实还有一个原因。

2007年3月7日，大西乘坐和子驾驶的汽车，两人将裕二带到了A小学附近。顺便说一下，裕二此时正在读初一。

大西说带他去的原因是"因为接到了主治医师的指示"，至于目的，她说"我的理解是为了评估他的症状，唤起他的记忆"。

无论前田医师再怎么坚持说裕二患有PTSD，都没有任何第三者目睹过他发病的场景。病历上也没有证明PTSD发病的记载。因此，前田迫不得已才吩咐她们将裕二带到A小学附近，希望会出现一些症状。

随着离学校越来越近，裕二的状态发生了怎样的变化呢？大西作证如下：

"感觉他身体有些僵硬，而且在小声咕哝，一开始我没听明白他在说什么，不过后来发现他好像在说不要不要。"

"说完不要不要之后，又开始说我怕我怕之类的话，同时，（中间略去）我们也逐渐来到学校附近，在这个过程中，他开始将头埋得很低，仿佛要钻到驾驶席和后座之间躲起来。"

"（离学校更近时）他陷入了过度呼吸状态。"

"我可以做出判断，这很明显是PTSD中的侵入性症状、再体验症状引发的过度呼吸，是记忆闪回引发的过度呼吸。"

但是，她只是口头上这样强调，并未提交任何拍下那一瞬间的照片或录像带。虽然她说去A小学是针对裕二

"治疗的一个环节"，却没有记录在病历上。

裕二在久留米大学医院住院时，为了练习足球，曾多次前往Ａ小学。其他家长和学生亲眼所见，当时他看上去没有任何异常。可是，事发之后过了4年，只是靠近Ａ小学就出现了PTSD症状，这是怎么回事呢？全都是前后矛盾的话。

反过来，有件事福冈市和辅助参加人一定要问问大西。裕二在久留米大学医院就诊时，向他母亲询问"家族史"并记录在病历上的人正是大西。这份关键的"家族史"，在一审中已判明其大多数内容是虚假的。

对此，和子在陈述书中辩白说，因为自己有离婚经历，也和母亲断绝了关系，不想被问及这些事，所以故意讲了与事实不符的话。

不过，关于其他错误的记述（丈夫有留学经验、和子本人从小时候到大儿子出生一直住在美国等），她否认说："可能没说过。"

她声称，由于她"想快点结束提问，经常含糊地回答问题，既不否认也不承认"，所以估计是大西听了之后揣测着写的。

这事根据常识判断根本不可能。因此，川上的代理人南谷向大西确认了相关事实。

"（前文从略）孩子妈妈没说过的话，或者你没听过的话，却凭自己的揣测写了下来，有这样的内容吗？"

"非常抱歉，我记不清了。"

既然作为原告方证人出庭，估计也只能这么回答了。

但是，当南谷将话题转为一般原则，问她"通常会怎么做"时，她明确说道："（前文从略）用自己的方式理解听到的内容，在自己心中弄清事情的原委，有时候会用这种方式记录，绝不会写别人没说过的话。"恐怕这才是真心话吧。

关于精神神经科看诊时询问家族史的原因，前田医师表示"在推进治疗方面会成为重要的资料"。

大凡父母都会衷心希望尽早治好孩子的重病，事关有益于治疗的信息，会有人不说真话吗？假使如此，那不就意味着裕二根本没有患上严重的PTSD吗？

话说2007年1月开始的二审，当初预计2008年2月7日迎来审结。

在审结之前，教师作为辅助参加人，于2007年9月向法庭提交了原4年级3班的5个孩子的证词。

在半年前的3月，教师的代理人以问卷形式向原4年级3班的孩子们发放了咨询信，让他们就教师被指控的体罚和欺凌回答"是"或"否"。不过，很多家长害怕被牵连，拒绝接受咨询信。

即便如此，还是拿到了5份回答，上面标记了孩子本人和家长的真实姓名。5个孩子全都否定了原告方指控的欺凌和体罚。其中，还有孩子附上了一句话："我认为老师是无辜的。"而且，其中一人不仅回答了问卷，还在母亲的陪同下直接与代理人见面，详细解释了这件事毫无根据。

次年1月，原告方、福冈市、辅助参加人，三方都提交了最终书面辩论。

首先，原告方的主张如下：

关于针对裕二的讯问，裕二对理所当然应该记得的事之所以丧失了大部分记忆，是由于健忘，这是PTSD的症状之一。如果裕二没有PTSD症状，哪有父母会心甘情愿地将健康的孩子送进精神神经科病房呢？因此，他们一家不可能陈述虚假事实。这便是他们牵强附会的逻辑。

至于福冈市和辅助参加人指出的种种破绽，他们依然保持沉默。

福冈市表示："上诉人（原告）在二审中的主张和举证最终无法推翻原判决，也没有公开被上诉人要求的证据等。"从一审判决认定的本案不法行为的程度和内容来看，220万日元的赔偿金过高，"要求更改为50万日元"。

但是，这个要求的意思是如果赔偿金为50万日元的话，则可以答应。也就是说，一审判决作废、上诉人的所有要求被驳回的可能性不复存在了。

最后是辅助参加人的主张。

前文也提到过，他首先强调了有5名同学明确否定了川上老师的不法行为，并指出浅川和子的陈述书和裕二在法庭上的证词存在明显的偏差。

正如前文所述，和子声称老师在家访时说了"肮脏的血液"，结果被隔壁房间的裕二听到了，而裕二本人却作证说"家访时没有听到"。另外，和子说"数到10是在放学班会时实施的"，而裕二声称"大多是在放学后"。

他关注到原告方完全没有提及关键的数到10的细节，那么他们是如何确定起诉书中记载的教师的那些不法行为的时间和地点的呢？他对此深表疑问。

另外，他还提及一点，2004年6月，针对裕二实施了第2次CAPS检查，计算出了122分的高分，当时裕二的实际状态如何呢？

再说一遍，作为印证这个高分的材料，原告方向法庭提交了一部分英文日记，据说是裕二写给国际学校的老师看的。

然而，在被告方的要求之下，该日记全文公开以后，发现里面几乎每天都写着"我很健康，很幸福""我很享受学校生活"，很明显，他的日常生活基本上是充满活力的。

2008年2月7日，审结当天，原以为只剩下等待判决了，结果发生了意想不到的事。审判长石井宏治突然建议福冈市进行和解。

对此，市里的代理人山本郁夫律师表示："福冈市的前提是川上实施了违法行为，因此愿意和解。"事情急转直下，原告与福冈市进入了和解程序。

但是，双方围绕和解金额谈不拢，最终和解不成立。再次继续辩论，下次审结定于5月27日。

于是，原告方于同年4月提交了一封浅川裕二的亲笔信，《写给各位法官，读和解方案有感》。为了证明裕二的PTSD，紧接着在5月份，原告方又提交了一份录像带，录下了他在家发病的状况。

裕二在书信的开头写道："我读了审判的和解方案，心里十分难过。因为你们不相信我说的话，也不相信我生病了。"然后他列举了川上的体罚，朋友们已经在法庭上作证川上说过"美国人"之类的话，校长给全班同学做问卷调查，80%的同学回答说"见过（川上的）暴力行为"。他气冲冲地问："为什么我周围的人说的话你们全都不相信？"

而且，他强调"（逼迫）自杀的事，我记得很清楚"，重申了2007年7月他在法庭上陈述过的内容。

"那是个天气晴朗的日子，他（在教室里）对我说'你的血液很肮脏，赶紧去死吧'，他说这话时阳光很耀眼，与他的身影重叠在了一起。"

关于这份证词，教师和代理人进行了详细的勘验，结果发现，在对方指控的实施体罚的季节，阳光不可能照进放学后的教室里。究竟为何重复这种谎言呢，简直令人无语。

而在录像带里，裕二大声哭泣着说，自己遭到了老师的各种暴行，（法官）为什么不相信我说的话呢？和子说他的身体出现了一种PTSD症状，即过度呼吸，于是采用纸袋法进行应急处理。但是，单凭这个录像视频无法断定是否真的过度呼吸。

同年11月25日，是备受关注的二审判决之日。审判长判处被告福冈市"支付330万日元"的损害赔偿，比一审追加了110万日元。

判决书中认定的体罚和欺凌"事实"与一审结果完全相同。"经确认，川上于2003年5月前后，在数到10的同时数次针对裕二实施米老鼠以及面包超人。另外，川上在上课或游戏过程中对裕二说'美国人''红头发'之类的话，将裕二的书包扔进了垃圾桶里。"

然而，新加了一句"经确认，由于川上的不法行为，裕二不得不去医院就诊"，因此提高了赔偿金额。

教师的体罚和欺凌再次被部分认定，这也和一审的套路相同，由于被告福冈市已经在一定范围内承认了教师的不法行为，关于这一"事实"，法院认为"不存在争议"，因此根本没有核查。

而且，在二审的判决书中写着："川上不是被告，而是被上诉人（福冈市）的辅助参加人，因此无法争辩被上诉人供称的事实。"辅助参加人的主张和证据（孩子们的问卷结果）完全被无视了。因此，对于教师来说，这次判决结果比一审更为不利。

原告方撤销对教师的上诉的法庭战略取得了成功。

但是，这次判决书中也有一句话："本案的不法行为与上诉人（原告）指控的欺凌行为相比，程度相当轻微。"家访时的"血液肮脏"等人种歧视发言、逼迫自杀言论、PTSD发病，浅川一家的这些主张悉数被驳回。法院认为"难以信任""总体来说可信性方面疑点颇多"。

由于原告方和福冈市双方都放弃了上诉，这场长达6个年头的"欺凌教师官司"到此结束。福冈市评论说："虽然赔偿金额提高了，市里的主张基本得到了认可。"（既然不上诉，）原告方的大谷律师也表示基本满意："虽然PTSD没有得到认可，还留有一些不尽人意之处，但是辨明了教师曾对男生实施欺凌的事实。"

我当时也曾多次给事务所打电话，想采访一下大谷，但是他一直逃避，不肯接电话。"案件"暴露之后，他曾多次召开记者见面会，谴责川上老师，那种强硬的气势到哪里去了呢？

据当地媒体人士说，大谷极端忌讳别人提及此事。

而被当成局外人的教师曾对停职6个月的处分提出申诉，由于诉讼而中断的审理现在继续进行，不过还处于审核书面材料的阶段。

福冈市的负责人说："原告方的矛盾和虚假之处在法庭上暴露出来了，下达处分的时候我们并不知情，需要探讨一下当时的处分内容是否妥当。"但是，进行裁决的同样是福冈市，而不是第三方机构，既然两次审判都认定了教师有过轻微的体罚和欺凌，不得不说处分被撤回的可能性很小。

说心里话，福冈市彻底被怪兽家长给骗了，心中应该也会感到羞愧。如果福冈市鼓起勇气撤回处分的话，教师的冤屈有可能会洗清。

教师一脸失望地说：

"我要再次申明，我从未实施过原告一家指控的任何体罚或欺凌。可是，我身为当事人却被排除在外，原告与被告（福冈市）双方合谋打了一场内容空洞的官司，再次认定了我的不法行为，虽然只是一部分。"

简单说来，这是一份协商形式的判决，意思是"比一审追加了110万日元，所以原告就此罢手吧"。本来就很难期待通过民事诉讼来查明真相。

原告少年如果还在读书，现在应该是高一学生了。判决书中驳回了他本人的大部分证词，法官认为"难以信任"。

究竟是谁将少年变成了"骗子"呢？

后　记

　　我调查这件事，始于为月刊杂志《新潮45》进行的采访。当时计划报道那些轰动媒体的问题教师，最引人注目的其实就是这个案子。然后我便看到了《周刊文春》的那篇报道。但是，当初我对报道内容并没有产生怀疑。老实说，我只是心想"原来还有这样的教师啊"。也许是因为媒体三天两头报道教师的丑闻，我自己司空见惯，感觉麻痹了吧。

　　然而，我一到福冈就开始打听，结果出人意料。因为已有的报道和现场周边的氛围有太大的落差。随着采访的进展，我越来越怀疑这不是教师的欺凌，而是针对教师的欺凌。我在《新潮45》2004年第1期上发表了一篇报道，题为《"教师欺凌诉讼"的完整真相》。

　　后来我也坚持从东京赶赴福冈旁听，坐在空荡荡的旁听席上，我经常想：这样的闹剧究竟为什么能够按照正式的诉讼程序，在法庭这样严肃的场所煞有介事地进行下去呢？怀着这样的想法，我在《中央公论》2006年第1期上以《福冈小学生体罚事件是罕见的恶魔教师还是冤案？》为题，报道了这场即将终结的审判情况。

如果说我多少逼近了这件事的真相，那么很大一部分原因在于长时间倾听川上的诉说。而且，幸好我事先多方打听，将已有报道带给我的成见消除殆尽，以中立的心情去采访他。如果没有这份幸运，我可能也会认定川上是体罚教师，写出那样的报道。两种结果之间仅仅差之毫厘。

下面写一下原告后来的情况。

正文中也曾提到，浅川夫妇现在居住在熊本县。我来到他们家门口，想问一下他们对判决的看法，门铃对讲机中传出了卓二的声音。他只是反复说"请找律师吧，我无可奉告"。

原以为案子的关键人物裕二一如既往地在国际学校读书呢，令人吃惊的是，他已经不在该校就读，而是搬到熊本和父母住在一起了。2006年4月，他升入了当地的一家私立中学。和子声称裕二的PTSD尚未痊愈，而裕二现在精神十足地就读于这所私立中学，似乎已经适应了新环境，不存在任何问题。

我也想问一下裕二的主治医师前田对于判决的看法，曾多次跟医院联系，但是就连直接跟他通话都没能实现。

A小学的校长同年3月调动到了同在福冈市内的其他小学，裕二的同班同学也都从A小学毕业了。现在该校表面上似乎已经恢复了平静。

然而，同年10月，"欺凌教师"四个字再次出现在媒体的版面上。在福冈县筑前町某所中学，一名初二男生不堪同学的欺凌，上吊自杀。据说这件事的起因是初一时班主任的无情的话，媒体便开始对该教师进行抨击报道。由于同在福冈县，又有川上事件作为不好的先例，"欺凌教师"这个关键词似乎已经在家长和媒体之间扎根了。

但是，这两件事的根本性质不同。一方是存在一名学生自杀这样严重的事实，而另一方是在没有实际被害人的情况下过度炒作。诚然，即便是欺凌造成自杀的事件，我也无法认同媒体将原因全部归结到一名教师身上的论调。

另外，每当发生这种事件，学校以及教育委员会的"隐瞒体质"都会被视为问题，从这一点看也和川上事件的性质不同。因为川上事件中，校长和教育委员会非常爽快地认定了教师的欺凌。不过，这是过于迎合家长和媒体的结果，从反面意义上说，是对真相的隐瞒。

降临到川上老师头上的灾难绝非他人之事。因为越来越多的家长打着"儿童是禁区"的幌子提出蛮横无理的要求，与此同时，教师越来越不敢说话。这种情况继续下去的话，即使轻易出现第二、第三个川上也不足为怪。

福田真澄

2006 年 12 月

追记——既无欺凌也无体罚，
冤情大白的"杀人教师"

教师的斗争尚未结束。由于诉讼暂时中断的申诉重新开始审理，终于在2013年1月17日宣布了判定结果。

其实我对这次申诉的审理并没有抱希望。我认为，由于之前的民事诉讼已经认定了部分体罚和欺凌，所以全部撤销处分的可能性很小。我觉得顶多是比现在略轻的处分，乐观估计就是停职3个月或者1个月。

然而，教师在1月18日打来电话，带给我一则出乎意料的喜讯。

"根据福冈市人事委员会的判定，取消了对我的处分。"

"啊？停职6个月的处分全部取消了吗？"

"是的。昨天律师告诉我的。"

川上老师平时是那种不太表达喜怒哀乐的性格。然而此时的声音充满了兴奋和喜悦。

由于审理过程不公开，我决定按照判定书的内容查证一下取消处分的原因。

首先，浅川方声称教师自家访次日起开始实施米老鼠、面包超人、匹诺曹等体罚，对此，判定书中条理清晰地评论道："既然和子说裕二不会收拾整理，拜托申诉人（川上老师）加以关照，那么她应该会密切关注申诉人对裕二的态度，假设自家访次日起，伴随数到10的体罚每天都在持续的话，和子马上就会知晓，并采取相应对策。然而，家访之后过了将近20天她才提出抗议，关于这一点无法做出合理的解释，关于数到10和体罚，和子与卓二的供词，乃至裕二的供词都不可信。"

另外，由于裕二是需要严加教导的学生，数到10、将书包放在垃圾桶上或者扔进去的行为只不过是一种训导方式。不过，将书包扔进垃圾桶属于过激行为。

关于家访时的"混血"发言，教师陈述的"对话很自然，可以充分信任"。反过来，认为浅川和子声称的家访过程"应该说是虚假的"。因为，只是听说学生的外曾祖父是美国人，就说出"血液肮脏"这种歧视性的话，表露明显针对美国人的偏见，这种人"作为教师是极为罕见的怪异人物"。"但是，根据本案的各种证据来看，没有任何迹象可以表明申诉人（川上老师）是那样的人物。"

还有，与对体罚的考证相同，抗议之前过了将近20天是不正常的。

事发之后，关于教师的体罚行为，校长曾针对裕二班上的孩子做过取证调查。认定教师曾说过"美国人""红头发"的主要根据就是该调查的结果。"你有没有看到或者听到，老师在上课或者做游戏时，在大家面前或者针对某位同学，说过美国人或者头发之类的话？"针对这个问题，有16名学生回答"有"。

但是，判定书中认为："取证调查时所谓的'美国人或者头发之类'过于含混不清，不明确学生在回答时对这句话是怎样理解的，该取证调查的结果，无法作为申诉人（川上老师）曾有过歧视性言论的证据。"因此，全盘否定了欺凌事实。

教师当初承认了很多事实内容，后来又否认或更改了，让所有相关人员陷入了混乱。关于这一点，人事委认为责任在于学校，当时的处理方式不当，对学校进行了严厉的批判。"关于教师是否曾对学生实施体罚和欺凌，当教师和家长之间产生对立时，学校运营的负责人应当尽量站在公平中立的立场上，获得学生和其家长以及第三方的协助，以客观证据为中心摸清相关事实，基于事实谋求妥当的解决方案。"（摘要）

"然而，校长和教导主任已经充分认识到，裕二父母的抗议内容和申诉人（川上老师）陈述的内容之间存在很大差别，却并未充分查明事实真相，就判断申诉人存在不恰当的言行，责令申诉人道歉，同时，针对裕二父母的'抗议'内容，并未充分探讨和查证其真伪，就不断接受裕二父母的要求，安排人监视申诉人上课，召开班级座谈会，让申诉人当众道歉，解除申诉人的班主任职务。结果制造了一种假象，那就是裕二父母的'抗议'属于正当要求，而申诉人是一名暴力教师，存在极端的歧视心理。可以说这助长了裕二父母的'抗议'和对社会的'控诉'。"

而且市教委也盲目轻信了校长的报告，不肯倾听教师的辩解，下达的处分更偏向浅川方的说辞。

　　判定书中还写道，市教委当初决定下达停职3个月的处分，但是浅川夫妇的代理人大谷律师提交了意见书，附上了录有裕二本人声音的CD等资料，因此判明裕二遭受的精神痛苦比当初想象的要大得多，于是将处分改为停职6个月。

　　据说在教育委员会会议上，有人提议应当予以开除。

　　但是，判定书中认为："CD中裕二的发言，随处可见被和子诱导的痕迹。"

　　结论是："本案的处分明显偏离了处分厅的裁量权，将其取消较为妥当。"

　　教师的代理人南谷律师评价说："这份判定从正面判断了教师的言行属于欺凌还是训导，非常具有常识性。"市教委的评论是："我们郑重接受人事委的判定，全面认可判定内容，不要求复审。"于是我问，那么针对当时做出错误处分的负责人，不追究责任吗？回答是："因为这是组织做出的判断，我们不考虑处分个人。"

　　于是，我直接去问当时的负责人，回答是："我心情非常沉重地接受本次判定，但是，由于这是组织做出的判断，我个人不作评论。"

　　我还联系了担任浅川夫妇代理人的大谷律师，但是他连电话也不肯接。不过他曾愤怒地对《每日新闻》发表评论道："明明有法院认定的事实，为什么会得出这样的结论？这个判定简直让人无法理解，难以置信。"

仔细想来，如果这份判定结果出现在民事诉讼之前的话，法院就不会部分认定教师的体罚和欺凌了吧。

其实，市教委在审判过程中也应该充分认识到了这是怪兽家长捏造出来的事件。无须等待判定，如果他们肯丢弃面子和体面，承认己方处分的过失，教师也就不用被冤情折磨这么长时间了。

关于这一点，我也曾问过市教委，他们含糊其辞地说："反正（审判）已成定局了。"

福冈市的代理人山本律师在法庭上说："福冈市参与诉讼的前提是川上实施过违法行为。"既然这个前提瓦解了，那么应该可以解释为判决事实上变得无效了。

10年来的冤情终于大白，关于这次判定，教师说："这10年来，我饱尝的痛苦真是一言难尽。这次终于全面认可了我的主张，总算出了一口气。"

草率、不合理、缺乏公平性的惩戒处分，差点儿毁了一位善良教师的职业生涯，甚至会将他的人生弄得一团糟，相关人员究竟在多大程度上认识到了这个问题的严重性呢？

判定再次证明：这次事件纯属"捏造"。

福田真澄

2016年3月

本文是对2013年3月登载在新潮社网页上的文章加以修改而成的。

DECCHIAGE: FUKUOKA "SATSUJIN KYOUSHI" JIKEN NO SHINSOU By FUKUDA Masumi
Copyright © Masumi FUKUDA 2007
Original Japanese edition published by SHINCHOSHA Publishing Co., Ltd.
Chinese (in simplified character only) translation rights arranged with SHINCHOSHA Publishing
Co., Ltd. through Bardon-Chinese Media Agency, Taipei.
Chinese (in simplified character only) translation rights © 2022 by Shanghai Translation Publishing
House

图字：09-2020-1129号

图书在版编目（CIP）数据

捏造/（日）福田真澄著；孙逢明译. —上海：上海译文出版社，2022.4
（译文纪实）
ISBN 978-7-5327-8905-4

Ⅰ.①捏… Ⅱ.①福… ②孙… Ⅲ.①纪实文学—日本—现代 Ⅳ.①I313.55

中国版本图书馆CIP数据核字（2022）第033706号

捏造：福冈"杀人教师"事件的真相
［日］福田真澄/著　孙逢明/译
责任编辑/常剑心　装帧设计/邵旻　观止堂_未氓

上海译文出版社有限公司出版、发行
网址：www.yiwen.com.cn
201101　上海市闵行区号景路159弄B座
浙江新华数码印务有限公司印刷

开本890×1240　1/32　印张7.5　插页2　字数112,000
2022年4月第1版　2022年4月第1次印刷
印数：00,001-10,000册

ISBN 978-7-5327-8905-4/I·5508
定价：48.00元